文春文庫

死霊大名

くノ一秘録1

風野真知雄

文藝春秋

死霊大名　くノ一秘録❶　目次

死霊大名

くノ一秘録 1

「チャンスのあるうちに楽しむことね。百年もすればもうみんなこの世にいないわよ。そうなったらどんなことも問題なくなるわ。楽しめるうちに楽しみましょうよ」

——サマセット・モーム『お菓子と麦酒《ビール》』（厨川圭子訳）

序章　母と娘と幽霊船

一

「隠れたって無駄だよ」

女が叫んでいる。怒りを含んだ声である。

ここからは見えないが、女は立ち止まったようだ。

耳を澄まし、気配を窺《うかが》っているのだ。

いったん遠ざかったかと思ったのに、またもどって来た。

このへんだと当たりをつけたらしい。

「わかんない子だね。あんたは鍛錬《たんれん》しなくちゃ駄目なんだ。そうしないと、生きていけないんだよ」

母が娘を呼んでいるのだ。

呼ばれているのは小さな娘である。

まだ十歳。名は蛍《ほたる》。

大きくて真っ黒い瞳が愛らしい。その瞳が怯《おび》えている。宙の一点を見つめ、涙を溜めている。

「蛍。諦《あきら》めて出ておいで。鍛錬は嫌でもやらざるを得ないんだよ」

声音はすこし優しくなった。

だが、蛍は返事をしない。

木の洞《ほら》に隠れ、息をひそめている。

「蛍。聞こえているんだろ」

ずうっと昔から聞きつづけてきているのに、その怖さにどうしても慣れることができない声。

謝りたい。許しを乞いたい。

でも、それではいつまで経っても逃げられない。

頬を、溜まっていた涙が伝《つた》いはじめた。涙など似合わない、ふっくらした頬を。

――どうしてわたしは、こんな辛い思いをしなくちゃいけないの……。

ここは伊賀国《いがのくに》。

名張《なばり》の里に近い森の中である。

この十日ほど、蛍は、森の中を駆ける稽古《けいこ》をさせられている。

後ろから母が手裏剣《しゅりけん》を投げつけてくる。それをかわしながら走るのだ。

ときには木によじ登り、枝から枝を猿のようにつたって逃げる。

手裏剣は本物である。

このあいだまでは、木でつくった贋物の八方手裏剣だった。

それが予告もなしに本物になっていた。目の前の木の幹に突き刺さったのを見て、本物の手裏剣になったのだと知った。

傷の浅い八方手裏剣でも、首に刺されれば出血がひどく、死ぬかもしれない。

——母さんは、わたしが死んでもいいと思っているのだろうか。

渡された武器は一つだけ。短い棒。これで手裏剣を叩き落としたり、接近戦になったときはこれで母に打ちかかる。

疲れるし、恐ろしい。

——もう、嫌だよ。

今日は、鍛錬が始まると必死で逃げ、ここに入った。それからずっと、この木の洞に隠れている。

あたりは鬱蒼《うつそう》と深い森。息づく森。

さまざまな生きものの気配に満ちている。気配というのは、目で見えているものや、耳で聞こえるものや、匂いより、もっと豊饒である。それは、目、耳、鼻や肌でもなく、心で感じるもの。

ゆっくり歩けばこんなに楽しいところはない。

その森が、いまは恐怖に満ちている。

母は諦めない。諦めて帰ればいいのに。

あの母は、なぜこんなにわたしに厳しいのだろう。ときどき、あれが本当にわたしの母なのかと疑ってしまう。ほかの子どもの母は、もっとずっと優しい。

美しくて怖い母。

名は、青蛾《せいが》。なんでも美人という意味があるらしい。

切れ長で、しかも大きな目。その目でじっと見つめられると、蛍ですらうっとりとなる。その目は、輝いたり、優しさを湛《たた》えたり、憂いに翳《かげ》ったりする。だが、それはたぶんに演じているのだと、蛍はすでにわかっている。

「蛍ちゃんの母さん、きれいだよね」

友だちからもよく言われる。だが、友だちは母の怖さを知らない。

伊賀でいちばん腕のいいくノ一。

そんな人が、わたしを一流のくノ一にしようとしている。

「あたしは、いくら腕が立っても、表には出られないくノ一。それは本当に一流のくノ一ではないから。でも、あんたは表に出ないと駄目。陽光の下で一流にならないと駄目。そのためには、腕を磨くの。飛び抜けた腕だけが、くノ一を影の世界から脱出させてくれるの。いいね」

必ず最後に付け加えられる「いいね」という言葉。

「お前の資質《ししつ》は凄《すご》い。あたしだって敵《かな》わない。その資質を、最大限に発揮させて生きなかったら勿体《もったい》ないでしょ。いつかわかる。いつか、必ず、あたしの言ったことがわかる。だから、いまは。いいね」

親の言うことは正しいのか。親は間違えないと自信を持って言えるのか。

——母さんの思い込みを娘に押しつけるのはやめて！

心の中で叫び、それから気持ちを落ち着かせる。

蛍の目の前には蜘蛛《くも》の巣があり、中心に大きな茶色い蜘蛛が一匹いる。

その蜘蛛のようすをじっと見つめる。

小さな頭、それよりすこし大きい胸、丸く膨らんだお腹。そして、小さくて短い二本の手と、長い八本の足。

お腹が大きいのは、雌《めす》だ。そして、そのお腹には、一匹ずつ違うさまざまな模様がある。人の顔そっくりの模様も見たことがある。

不気味な姿のせいで、女子どもから気味悪がられたりする。

でも、人にはなにも悪いことはしない。尻から出す細い糸で、ひたすら大きくて美しい巣をつくり、餌《えさ》を捕まえては食べるという単調な暮らしを送っている。

村の人家に近いあたりにいる蜘蛛は、昼間は巣にいない。どこか別のところにいて、獲物がかかるのを待っている。夜になると出て来て、巣の真ん中におさまる。

でも、この蜘蛛みたいに野山にいるほうは、こうしていつも巣の真ん中にいる。

蛍はそのことを、誰にも教えられず、自分で気がついた。

虫をじっと見つめると、いろんな習癖《しゅうへき》がわかってくる。

蛍は虫が大好き。虫が唯一の心を許せる友だちでもある。

ついこの間も、同じ歳のいとこの毬江《まりえ》から、

「蛍ちゃん。なんで虫なんか好きなの？」

と、訊かれたことがある。

「かたちも、色も、それと一生懸命《いっしょうけんめい》なところが」

そう答えたら、変な顔をされた。

「一生懸命？　まるで、心でも持っているみたいだね」

毬江はそう言って、呆《あき》れた顔をした。

「え？　虫に心がないと思うの？」

「あるわけないでしょ」

毬江は笑った。

でも、それは違う。

――虫にも心はある。

ただ、虫の心は人間のそれと違っているだけなのだ。違っているからないと言うことはできない。

虫はじつにたくさんいる。

人間は、この世にぱらぱらと生きている。集まっても数はたいしたことはない。獣もそう。人間より少ないくらい。

だが、虫はいっぱいいる。うじゃうじゃいる。枯れ葉をめくれば、その下にべったりといる。土を掘ればそこにもわんさかいる。

じつは、この世を埋め尽くすほどいる。

しかも虫はいろんな種類がいる。

名前がついているのはほんの一部。おまけに違う種類のものまでいっしょくたに呼んだりしている。

たとえば、この蜘蛛。

尻から糸を出す虫はぜんぶ蜘蛛ということにされている。

でも、とんでもない。

姿だってまるで違うし、糸で巣をつくる、その巣のかたちもまったく別。

ただ、横に一本か二本すうっと通すだけの、かんたんな巣をつくる蜘蛛もいる。

お腹が細長い、やけにひょろひょろしたその蜘蛛は、蛾《が》や蝶《ちょう》を捕まえたりはしない。糸を渡ってくる蜘蛛を捕まえて食べる。

そいつの餌は、仲間の蜘蛛なのだ。

だから巣も、蜘蛛しか渡らない、一本の糸を張っておけば済むというわけ。

蜘蛛の近くに今度は毛虫が這《は》ってきた。

緑色をして、頭からお尻まで黒い筋があり、頭部に近いほうにまるで耳のように、きれいな柿色の模様がある。

これは、裾が茶色で上のほうが緑色の蛾になる毛虫だ。

毛虫はきれいで、しかも可愛い。

毛虫を気持ち悪いなどという人は、毛虫の顔を見たことがあるのだろうか。

犬や猫の顔が可愛いという人も、毛虫の顔を可愛いとは言わない。でも、ちゃんと目も口もあって、同じように可愛いのに。

ただ、この目の前にいる毛虫は人を刺す。

刺されると、飛び上がるほど痛いし、いつまでも痒《かゆ》かったりする。

こっちに近づいて来たので、蛍は、小さな枝で毛虫を下にはじき飛ばした。

毛虫だって、たぶん好きで刺したりするわけではない。

また、母の声がした。

「怒らないうちに出ておいで。こっちが見つけたときは、もっと厳しい稽古になるんだからね。いいね」

青蛾は、なかなか見つけられないことに苛立ってきているのだ。

くノ一の訓練をはじめたのは三年前、七歳のとき。そのときから、あんたには才がある、資質が優れていると褒められた。だが、褒められるほど、訓練は厳しくなった。

伊賀の女がすべてくノ一になるとは限らない。丈夫な子なら七、八歳から訓練がはじまるが、資質がないとわかればすぐにやめる。ぜんぶくノ一になってしまったら、農作業をし、子を産んで育てる女がいなくなってしまう。

蛍は、くノ一組にされたということだろう。

しかも青蛾は、蛍をとんでもなく凄いくノ一に仕立てようとしているのだ。

それを思ったら、十歳の蛍の将来は真っ暗である。

――もっと遠くまで逃げようか。

蛍は何度もそう思った。

名張の里を、いや、伊賀国も出て、逃げてしまおうか。

だが、そこまでする勇気はない。

つい先月だった。蛍はずいぶん遠くまで逃げた。森を抜け、山を越え、ひたすら南を目差した。

もしかしたら紀伊国《きいのくに》まで入り込んでいたかもしれない。

小さな流れのある谷間の、五軒ほどの家が並ぶ集落に出た。

森は食べものも豊富だし、湧き水のおかげで喉の渇きもなかった。ただ、人の声が聞きたくて、つい近づいてしまった。

異様な気配があった。

それは流れのほとりに出て、対岸の家々に出入りする人影を見て、すぐに思った。

最初、別の家から一人ずつ男と女が桶を持って現われた。その歩く恰好を見て、年寄りかと思った。つんのめるような前かがみの姿勢だったからだ。

だが、顔は男女それぞれ若々しかった。

表情は乏しかった。遠目で見て、

――お面をかぶっているのか。

と、思ったほどだった。

そのときには、すでに蛍は近づくのをやめ、急いで草むらに隠れた。男女は三間（約五・四メートル）ほど離れたところで、それぞれ桶に水を汲んでいた。

すると、男のほうがいきなり女に顔を向けた。ふつう、あんなふうに人が他人を見ることはない。闇夜にひそんでいた何かに気づいたときのように、突然、顔を振ったのである。獣じみた動きでもあった。

男は桶を置いたまま、立ち上がり、女のほうに向かった。そのときも、前かがみの恰好で、両手は何かをかきむしるように前に出していた。

女もそれに気づき、立ち上がった。女の顔に、かすかに恐怖の色が見えた。それからくわっと口を開け、牙でも剝くような口をした。じっさいには、牙はなかったのだが。

しかし、男が怯えるようすもなく近づいていくので、女はくるりと踵《きびす》を返し、逃げはじめた。あとで思い返すと、叫び声はおろか、この人たちはいっさい人の声らしきものを上げなかった。

男は逃げる女に追いついた。女の肩をつかみ、手を下のほうに伸ばすようにすると、着物の裾を摑んで、めくり上げた。

女の白い、ふくよかな尻が露わになった。まるで、この森の中に咲いた、白い花のようだった。
女は身体を左右に振って逃げようとするが、男は腰を摑んで逃がさない。
そのとき、男が出てきた家の中から、もう一人、女が出て来た。
やはり若い女だった。この女も同じように表情がまるでなく、お面をかぶってい
るようだった。ただ最初の二人と比べて目が大きく見開かれたようになっているの
が、さらに異様だった。
二番目の女は口から音を出した。
それは、
「しゃぁーっ」
という音で、声と呼べるものではなかった。
女は、やはり中腰で、二人のいるところへ駆けた。
――男の女房が怒ったのだ。
と、蛍は咄嗟に思った。男女の機微だとかはまるでわからないが、十歳の蛍にも、
それくらいは想像がついた。男の女房が、よその家の女にちょっかいを出そうとし
ている夫を怒ったのだろうと。
ところが、二番目の女がつかみかかったのは、男ではなく女のほうだった。
「しゃぁーっ」

女は口を大きく開け、爪を立てていた。

最初の女も負けてはいない。

女同士の摑み合い、嚙みつき合いになった。

それは人の争いというより獣同士の争いに見えた。

男のほうは、さっさと川っぷちに置いた桶を取り、家に引き返した。まるで、自分には関係がないとでもいうような態度だった。

蛍は、女同士の戦いがどうなったかは知らない。

自分の目の前で起きた光景の異様さが怖ろしく、必死で来た道をもどったのである。

――怖いのは母さんだけじゃない。村の外にはもっと怖いものがある。

そう思ったからこそ、蛍は母が与える忍びの稽古を、どうにかつづけているのだった。

あのときの怖さは、蛍の記憶に長いこと残ることになる。

この世には、得体の知れない怖いものがあると。

しかし、その恐怖は、くノ一として自信をつけるうち、徐々に忘れ去っていくのである……。

二

蛍が青蛾から逃げ回っていたそのころ――。

九州・平戸《ひらど》の遥《はる》か沖を南蛮船《なんばんせん》が走っている。

レオ・コペルニクスは、甲板で青い海原を見ていた。金色の長髪が潮風になびき、青い目は太陽の光に眩しげである。

波は穏やかで、遠くではカモメの群れが騒いでいる。

陸地が近いのだ。

早く、憧《あこが》れの地に辿《たど》り着きたいと、レオは思う。父も憧れた国、ジパングへ。

いまは一五七一年（元亀二年）。

父が亡くなって二十八年が経つ。

計算はかんたんである。わたしは、父が亡くなった年に生まれたから。わたしの歳は、そのまま父が亡くなって何年になるかを示している。

父、ニコラス・コペルニクス。

カトリックの司祭であるとともに、政治家でもあり、天文学者でもあり、医者でもあった。しかも、占星術や錬金術《れんきんじゅつ》まで学んだ。

だが、なんといっても凄いのは、天が動いているように見えるが、じつはこの大地のほうが動いているのだという驚くべき真実を明らかにしたこと。

父は、この真実を世に発表すれば、さまざまな迫害を被ることを怖れ、自分が亡くなるまで秘密にするようにと、周囲に告げた。

案《あん》の定《じよう》、世間の反応は厳しく、この真実はいまだに大っぴらに口にすることはできない。

「あなたの父は、万能の天才だった」

幾度、そう言われたことか。

それは誇りであるとともに、重い呪縛《じゆばく》でもあった。

わたしは政治家の資質はまったく受け継がなかった。人づき合いが苦手だった。父の特徴でもあったらしい雄弁な話術も、たちまち人をとりこにする愛想のよさもなかった。受け継いだのは、科学者としての資質だけ。

だが、その資質にすべてを捧げようと思っているのだ。

極東の国、黄金の国――ジパング。

わたしはそこで、思う存分、父の研究のつづきをするつもりだった。

天文学と錬金術。

まったく別のものに思われがちである。

だが、わたしはどこかで結びつくもののような気もしている。

すなわち、宇宙の謎を解くことが、物質の謎を解くことにもつながるはずなのだ。

もちろん、錬金術に成功すれば、莫大な富を得ることができるだろうが、わたしにとって富は第一義ではけっしてない。

あくまでも、真理の追究が目的なのだ。

もしかしたら、あの国の人は、錬金術を完成させたのかもしれない——と、そんな噂もあった。でなければ、あれだけ膨大な金を保有できるはずがないと。

金でできた町があるというのは本当だろうか。

「やあ、レオ・コペルニクス」

後ろから声がかかった。

「どうも、セベル神父さん」

「カモメがいますね。陸が近いのかな」

神父は手すりに両手をつき、空を見上げて言った。

「近いですよ。やっと日本に辿り着けそうですね」

「まったく大変な船旅でしたな」

「ええ。昨夜の騒ぎにはわたしもびっくりしました」

と、レオは言った。

「一頭ではなく、二頭ですからね」

セベル神父も神妙な顔でうなずいた。

昨夜、夕食を終えたばかりのころ、この船がクジラに襲撃《しゅうげき》されたのである。

巨大なクジラだった。

それも二頭が、まるで攻撃するかのように、左右両舷に体当たりを繰り返した。

一度ではなく、三度、四度とである。

船はぎしぎし軋《きし》み、翌朝、確認したところでは、船首の組み合わせのところにずれができたということだった。

「あれは、この船に対する敵意を感じましたよ」

レオは言った。

本当にそう思ったのである。

衝撃の正体を確かめるため、甲板に出たレオは、月明かりの下で黒く輝くクジラの背中と、前方の顔を見た。

その目に宿った感情。

――あれは、気のせいだったろうか。

怒り。嫌悪。そうした容易ならざる強い感情を見た気がしたのである。

「そうですね。それは、わたしも感じました」

セベル神父も、深々とうなずいた。

歳は四十と聞いた。赤茶けた髭が、渦を巻くように頰から顎をおおっている。

まともなカトリックの司祭である。まともな、というのは、この船にはなんともいかがわしいような宗教者たちが、大勢乗り込んでいるからである。

「あの連中……」

と、レオは甲板の反対側で、バクチに興じている四人の男たちを見た。

「はい、錬金術師たちですね」

「彼らはなんのために日本に行くのでしょう?」

「それは欲にかられてですよ」

セベル神父は笑った。

錬金術というのは、本来、けっして怪しげなものではない。さまざまな物質の変化を研究する真面目《まじめ》な学問なのだ。

だが、この船に乗り込んでいるあの連中の錬金術はぜったいに怪しい。

レオは、連中がマカオの港でしていた実験を目撃したのだが、鉱物に血だの骨だの、あげくには祈りまで溶け込ませようとしていた。

あれはとても科学の名に値するものではなかった。

と、そこへ――。

赤いチョッキを着込んだ初老の男が、船室から甲板に上がって来た。

すると、錬金術師たちは、やけにぺこぺこし始めた。

「あれは、薔薇十字団《ばらじゅうじだん》という秘密結社《ひみつけっしゃ》の幹部なのだそうです」

と、レオは言った。

インドのゴアから乗り込んだこの男は、てっきりマカオで降りたと思っていたから、まだこの船にいたのは驚きだった。この男は十人近い手下も連れていた。

「そうらしいですね」

セベル神父はうなずいた。

「薔薇十字団というのはどういう会派なんです？」

と、レオは訊いた。

「わたしもよくわからないのですが、クリスチャンであるのに、アラビアの魔法を用いて悪魔と戦う人たちらしいですよ」

「魔法をね」

「仲間には大金持ちが多く、商売のほうでも得することが多いのでしょう」

神父は冷たい口調で言った。

「もしかしたら、この数日、異様なことがつづいたのは、彼らのせいじゃないですか」

レオは冗談混じりに言った。

というのも、クジラに襲われた前の晩は、凄まじい嵐に巻き込まれたし、その前は渡り鳥の大群が押し寄せ、船中を糞《ふん》まみれにして行ったからである。

すると、セベル神父は、

「そうかもしれませんよ」

と、真面目な顔でうなずいた。

「では、怪しげな者たちが、大挙、日本に上陸するわけですね」

「ひどいことにならなければよいのですが」

神父は祈るようにつぶやいた。

「日本というのはどんな国なのでしょうね」

レオもいちおう日本についての文献には目を通し、港々では町の人たちに日本の評判を訊いてきたのである。

だが、評判は人によってまったく違っていて、確実な話というのはほとんど聞けずじまいであった。

「日本というのは妙な国だそうですよ。四方を海で囲まれているのに、海に向かって出て行こうとしないらしいのです」

と、セベル神父は言った。

「ほう。それはなぜなのです？」

「たぶん、海に向かって拓《ひら》けた国ではなく、大陸の先のどんづまりの国なのでしょう。大陸から追われた人間が、やっと行き着いた国。そこを守るので精一杯なのかもしれませんよ。あるいは、東の海があまりにも広すぎるため、出て行こうなんて気概《きがい》を失ってしまったのかも」

「では、わたしたちもそうなってしまうのではないですか？」

活気に充ちた人たちに混じれば、自分も元気が得られるし、逆に無気力な人たちに混じれば、自分までやる気を失ってしまう。それは避けがたいことである。

「ええ。長いこと居てはいけないのかもしれませんよ」

セベル神父は不安げである。

「ま、明日にはたぶん、その答えを得られるでしょう」

と、レオは言った。

不安よりは希望が上回っている。

レオは、父にはなかった冒険者の気質を濃厚に持っているのかもしれなかった。

その晩のことである——。

夕食後すこしして、船員の一人が、突如《とつじょ》、

「この船に星が落ちた」

と、騒ぎ出したのである。

船員が星空を観測していると、夜空から白い光がまっすぐに落ちてきて、この船の甲板に突き刺さったのだという。

流れ星が落ちてくるというのは、ないわけではない。

それにしては、ほかの誰も、なんの音も聞いていないし、衝撃らしきものも感じていない。

ただ、レオは部屋にいたのだが、一瞬、床や壁が白く光るのを感じた。あまりにも短い時間のことだったので、目がどうにかしたのかと思ったくらいだった。

雷——と言われたら、そうかもしれないと思っただろう。音のしない雷というものがあればの話だが。

いちおう念のため、船長以下乗組員は甲板などを点検した。

だが、どこにも穴が開いたあともなければ、焼けたような焦げもない。結局、異常は見つからず、船員の錯覚ということにされた。

ところが、それから三時間ほどした真夜中になって、レオはセベル神父に起こされた。

「レオ・コペルニクス。起きて」

ひどく切羽詰まったような声音である。

持っていたろうそくの赤い火に照らされても、神父の顔が真っ青であるのがわかった。

「どうしたんです、神父さん？」

「船の中のようすがおかしいのです」

「ようすが？」

「なにかひどい争いごとが起きているみたいです」

レオはベッドに起き直り、周りを見た。

ここは六人部屋で、レオのほか、中国人の商人五人もいっしょだった。だが、いまは誰もいなくなっている。

「皆、どうしたんだろう？」

レオはドアを開け、部屋の外に出てみた。

すると、たしかに上のほうで争うような物音がしていた。

悲鳴も聞こえた。

「神父さん。いまのは女の悲鳴ではなかったですか？」

「馬鹿な。この船に女は乗っていないはずですぞ」

今度はさらに大きく聞こえた。

やはり女の声である。ただ、悲鳴ではなく、歓喜の叫びのようにも聞こえたのが不気味だった。

「ほら」

「ほんとですね」

「甲板だ」

レオは、階段の途中まで上って、甲板をのぞいた。

「なんてこった」

一目見て、顔をしかめた。

「喧嘩ですか？」

下で神父が訊いた。

「喧嘩なんてもんじゃないですよ」

神父には見せないほうがいいと思い、レオは神父が来ようとするのを押しもどした。

水夫や客たちが入り乱れて凄まじい戦いを始めていたのだ。

刀が振り回され、首から血が噴《ふ》き出したところも見えた。

手前に倒れていた者は、頭が半分、千切《ちぎ》れたようになっていた。

いったいなにがあったのだろう。怪しげな連中ではあったが、少なくとも食事どきまでは、親しく話したりもしていたのだ。

とすると、白い光というのが、なにかただごとではないできごとだったのか。

「もどりましょう」

レオは神父を連れて船室に引き返し、枕の下から短剣を取り出した。

「暴力は、よしなさい、レオ・コペルニクス。祈りましょう」

セベル神父は、レオの手を押さえて言った。

「こんなときに、なにをおっしゃいます。やっぱり祈りなどは無駄です。あらゆる生きものは、戦わなければ生きていけない。この世はそういう残酷《ざんこく》なところなのです」

レオは神父の手を払いのけるようにした。

神父は、もはや止めても無駄だと思ったらしく、船室の隅に跪《ひざまず》き、手を組んで祈りはじめた。

レオは戦う覚悟は決めたが、逆上はしていない。

あの乱闘の中に飛び込むのは無謀だとはわかっている。

――戦うだけ戦わせ、最後にかかって来る者と戦うべきだ……。

レオは左手に盾《たて》にするための椅子を、右手に短剣を持ち、ドアの前に立った。

自分はけっして闘争的な人間ではない。だが、体力には恵まれている。あとは、なんとしてもこの危機を乗り越えてやるという気力の勝負なのだ。

——焦るな。入って来た瞬間を狙うのだ。

しばらくして、こつこつというゆっくりした足音が聞こえてきた……。


翌朝——。

九州肥前国《ひぜんのくに》・平戸近くの海に現われた巨大な帆船は、地元の漁師たちを仰天させ、すぐにこのあたりを支配していた戦国大名・松浦隆信《まつらたかのぶ》に報《しら》せた。

「異様な船が漂着《ひょうちゃく》したようです」と。

松浦隆信は平戸の港にポルトガル船の寄港を許し、南蛮貿易を始めている。すぐに、家来の武士たち二十人ほどを差し向けた。

武士たちは小舟二艘に分かれて、帆船に近づいた。

なるほど異様な船である。

これまで見た帆船のどれよりも大きかった。

だが、ひどく古びていた。

「かすかに煙が上がっています」

若い武士が甲板のあたりを指差した。

「よし、乗船するぞ」

縄梯子《なわばしご》をかけ、二十人のうち半数の十人が、この船に乗り込んだ。

甲板に立った者は皆、唖然となった。

帆はもちろん、柱三本も焼け焦げていたのである。

甲板のところどころも焼け、船尾あたりで煙が上がっていた。

「火事になったのか？」

「船室を見ましょう」

武士たちは船の中を漏れなく見てまわった。

ひどい臭いに辟易するほどだった。

火事の焦げた臭いに加え、なんとも言えない腐臭が漂っていた。それには血の臭いも混じっていた。

「誰もいません」

「こっちもです」

人っ子ひとり、見つからない。

「これはなんなのでしょう？」

「幽霊船というやつだろうよ」

この一団の頭である武士が、震える声で言った。

第一章　蛍の火

一

それから六年――。

天正五年（一五七七年）になっている。

伊賀国、名張の山中、赤目四十八滝《あかめしじゆうはちたき》の近くを、十六になった蛍《ほたる》が、父・富蔵《とみぞう》とともに歩いていた。

あの、幼かった蛍が、少女から大人の女に脱皮しつつある。

背丈は五尺（約一五〇センチ）を一寸（約三センチ）ほど越えた。いくらかふっくらしつつあるが、それでも短い着物から出た足は、すらりと伸びて、余計な肉をつけていない。

目の大きな、愛らしい顔立ちは変わらないが、瞳の光が違う。溌剌とし、自信のようなものも窺えた。

すでに陽は落ちている。それでも夏の蒸《む》れた大気は、森の中にとどまっている。

頭上に、十四日の月。

平野部ならかなりの明るさだが、しかしここは樹木が生《お》い茂《しげ》った森の中である。

月光は木々に遮《さえぎ》られ、地面までは届いていない。

それでも蛍と富蔵は、つまずいたりすることもなく、山道を歩いて来た。

滝の音がかすかに聞こえる雑木林《ぞうきばやし》の中に入った。

「父さん。このへんでやろうか」

蛍は富蔵に訊いた。

「ああ、そうしよう」

富蔵はうなずいた。歳のころは四十ほど。表情は穏やかで、忍者にはとても見えない。だが、肩のあたりの肉づきは目を瞠るほどで、力仕事は得意そうである。

「いくつか、見せるの？」

「一つ見れば、腕はわかるさ」

と、富蔵は苦笑した。

蛍が父の富蔵に忍びの技《わざ》を見せるのである。

家の外で、と富蔵は言ったのだが、蛍は誰かに見られたくないと、ここまで来た。

富蔵が立ち止まり、蛍はそこからすこし先まで進んだ。

蛍の姿が闇の中に沈んだ。

「いくよ、父さん」

蛍の声がした。十四、五間《けん》(約二五〜二七メートル)先だろう。

「ああ、どこからでも来い」

富蔵は短めの木刀を逆手に構え、腰を落とした。

さっきまでうるさく鳴いていた蟬《せみ》たちは、ただならぬ気配を察したのか、ぴたりと鳴き熄《や》んでいる。

すると、蛍が潜んだあたりの闇の中で、一つの光が点《とも》った。

夜の闇に小さな青い灯《ひ》。

蛍の灯のようだった。いや、ほんとうの蛍の灯なのか。

青い光。明かりなのに冷ややかである。

それは点滅を始めていた。

一定の間隔がある。ひと息つくあいだに二度光る。

しかも、大きく揺れ始めた。

手裏剣を打ち込んでもいいと言われている。

親として、それはできない。娘の顔に怪我でもさせたら、取り返しがつかない。

だが、くノ一の仕事などしていたら、この先も怪我の心配は尽きないのだ。

娘をくノ一に仕立てるなんてことは、富蔵は望んでいなかった。

――それを青蛾《せいが》のやつがおれの反対を無視しやがって……。

しかも、なりすまし型のくノ一ではなく、武闘派のくノ一に仕立ててしまったらしい。その大変さは、自分がいちばん知っているくせに。

いちおう刃をつぶし、先を丸くした訓練用の十字手裏剣を用意してきた。これなら当たっても命を奪うことはない。

試しに地を這うような手裏剣を一本放った。

これは敵の足元で一度弾み、ふいに浮き上がるように突き刺さる。〈鎌首《かまくび》〉という技である。

だが、その手裏剣はただ森の向こうに虚しく消えた気配だった。

青い灯はまだ点滅している。もう、あそこにはいないのか。

富蔵は耳を澄まし、目を凝らし、周囲を窺う。向こうから攻めて来る気配はない。

あんな青い灯でなにがやれるというのか。子ども騙しの技だろう。やはり、仕事をさせるにはまだ早いかもしれない。

青い小さな灯を見つめるうちに、富蔵はなんとなく気分が悪くなってきた。

これが蛍の得意な技〈忍技《にんぎ》・蛍火《ほたるび》〉だった。

いまは本物の蛍を使っているが、硫黄《いおう》の火を使うこともある。

闇の中の光は人を惑わせる。

とくに、青い光。

それに、点滅と揺らぎをほどこす。

いわば催眠術に近い技である。

まさに、蛍の光を見るうちに思いついた。

本物の虫の蛍にとっても、この青い光は武器である。これで蝙蝠《こうもり》や蜘蛛などの天敵を驚かせるのだ。

加えて、蛍は自分の名にちなんだ技も身につけたかった。

名張の里にある王楽寺《おうらくじ》の和尚《おしょう》から、蛍は言われたことがある。

「蛍とは美しい名じゃの」と。

「誰がつけた？」

とも訊かれた。

たぶん母さん。自分の青蛾という名も虫だから、それに合わせたのかもしれない。

「蛍は大昔から文芸に欠かせない。美しいものだからな。夏は夜。月のころはさらなり。闇もなほ、ほたるの多く飛びちがひたる。また、ただひとつふたつなど、ほのかにうち光りて行くもをかし——清少納言《せいしょうなごん》は、『枕草子』にそんなふうに書いたものさ」

たしかに、蛍の光はきれいだと思う。

だが、蛍は見た目と違って、つかむと臭い。

母さんは、そこまで知っていて、蛍の名をつけたのか。見た目はきれいだが、そのじつは臭い。

——母さんこそ、自分の名を蛍に換えたらいいのに……。


富蔵はしばらくなす術を失くし、呆然《ぼうぜん》と立ち尽くしていた。

だが、いつまでも青い光に見とれている場合ではない。

手のひらに十枚ほどの手裏剣を載せると、数度、身体を回転させてから、十字手裏剣の真ん中の穴に入れた人差し指を弾くようにした。すると、手裏剣は扇のかたちに広がって、彼方の闇に突き刺さっていった。

大勢の敵を相手にするときの、富蔵の得意技である。下手に鉄砲を並べるより、はるかに敵を攪乱する。

それでも向こうの闇になんの変化もない。

——いったいあの青い灯はなんなのか。

技の正体を見極めるため、いっきに突進しようとしたそのとき、

「父さん」

「はっ！」

蛍がいつの間にか富蔵の後ろに来ていた。

わき腹に棒が当てられていた。実戦なら、これでえぐられてお陀仏《だぶつ》。

勝敗は決した。

「おれの負けだ」

「だよね」

熄《や》んでいた夜の蟬たちが、いっせいに鳴きはじめた。

「いつの間に来たのだ……」

富蔵は、まったく気がつかなかった。

森の中というのは、意外に音を消しにくい。

地面には、枯れ枝や枯れ葉が敷き詰められ、そこを踏めばどうしても音が出る。

頭上からも枝や葉が伸び、それらも擦《す》れる音を出す。

たとえ忍者でも、無音で近づくのは難しい。

それなのに、まったく気配を感じさせなかった。こそりとも音はせず、風はそよとも動かなかった。

蛍は、まるで煙のように、富蔵のすぐ後ろに来ていたのだ。

派手ではないが、凄い技である。

——このおれが、娘に負けた……。

富蔵だって一流の忍者という自負はある。事実、伊賀の百地《ももち》一族では五本の指に数えられてきた。

この敗北はさすがに衝撃であり、喜びより屈辱の感情が強い。

二

「蛍は凄いよ」

と言ったのは、蛍の母、富蔵の妻の青蛾だった。

半年前。安土《あづち》へ向かう前の晩だった。

「そりゃ、そうだ。おれとお前の子だもの」

青蛾も一流の忍者である。伊賀の三つの部族のなかでも、青蛾より腕の立つくノ一はいない。

「……………」

微妙な間があった。

「おい、違うのか？」

「誰に似たのかしら」

青蛾がしらばくれている。その顔は憎々しいが、しかしかわいくも見える。

蛍の顔は、富蔵とは似ていない。

だが、青蛾の面影はある。

つまり、ほかの男が父であっても、おかしくはない。

くノ一のことを疑い出したらきりがない。

そもそもくノ一に貞操《ていそう》を求めるのが無理だという者もいる。

「身体《からだ》のバネが利《き》くのか？」

気を取り直して富蔵は訊いた。

「もちろん」

蛍はそれほど大きな身体ではない。青蛾より二寸（約六センチ）ほど小さい。

だが、俊敏な動きをするのはわかっている。どこか、猫の動きにも似ている。

「手裏剣の技か？」

「手裏剣も凄い。でも、それだけじゃない」

「なにが凄いんだ？」

「まだ言わないほうがいい」

そこまで言って、言わないとはどういうことだろう。

「しかも、あたしにもわからない技がいっぱいある」

「お前が教えたんじゃないのか？」

「あたしが教えたのは、身のこなしや、手裏剣など、基本の体術だけ。あの子が忍技と呼ぶものは、すべてあの子がつくったものだよ」

「忍技……」

初めて聞く言葉だった。

富蔵は伊賀の忍びのなかで、中忍《ちゅうにん》という立場にある。

これは家柄と言うべきもので、忍びの術の技量が上がったから上に行くというものではない。中忍の子は中忍。ただ、くノ一の場合は、こうした家柄からやや外れたところにいる。

上忍《じょうにん》は頭領である。伊賀国に三人しかいない。それぞれ部族の頭領として君臨している。

服部半蔵《はっとりはんぞう》。

百地丹波《たんば》。

藤林長門《ふじばやしながと》。

この三人の上忍はつねに伊賀国にいて、現地で指揮することはまずない。ただし、服部家の場合は、三代前の服部半蔵が徳川家の家来になってしまったため、伊賀にいるのはもう一人の半蔵という特殊な事情がある。

じっさい忍び働きをするのは、下忍《げにん》たちである。

中忍というのは、下忍たちを率い、現場近くで指揮をする。仕事が始まると、中忍がいちばん現場に出ずっぱりになる。報告にもどったりするのも下忍の役目で、中忍はとにかく地元に溶け込んでいる。

富蔵はその前三年ほど、ずっと京にいた。

そんな仕事だから、娘と触れ合う機会もほとんどないままで来た。

ごくたまに帰っても、蛍のことは可愛いという目でしか見ていなかった。

だから、青蛾からその話を聞いたときは、驚いたのである。

しかしいま、蛍の技を目の当たりにして、青蛾の言ったことは嘘ではなかったと痛感していた。

それはそうと、青蛾が蛍を褒めたあと、

「今度の仕事は長引きそうな気がする」

そうも言っていた。

遊芸の一団を連れて、敵地を見張るという仕事である。青蛾が、ほかにくノ一を三人ほど連れて行く。向こうで本物の踊り子もいっしょになるらしい。

依頼主は明智光秀《あけちみつひで》という武将。いまをときめく織田信長《おだのぶなが》の信頼が厚い家臣だということである。

「お頭は長引きそうだなんて言ってなかったぞ」

「お頭は見通しが甘いからね」

「そうかな」

富蔵たちの頭領は、百地丹波である。

代々、丹波を名乗るが、当代は四十歳くらいになる。

富蔵はむしろ信頼している。

だが、青蛾の予感は当たった。

あれから半年。青蛾はいまだに帰らない。

三

「父さん。先にもどって。わたしは川で水を浴びてから帰る」

と、蛍は富蔵に言った。

「ああ、わかった」

「夕飯は、わたしがもどってからつくるよ」

「すまんな」

蛍は父を見送ると、頭上の闇に手を伸ばし、細い紐をたぐった。

鉤《かぎ》をはずし、紐を丸めて回収していく。

この細い紐を、富蔵に話しかけながらこっちのけやきの大木にすばやく引っかけ、向こうまで張った。この紐を伝って、蛍は空中から富蔵のところまで接近したのだった。

〈忍技・蜘蛛伝い〉である。

これと〈忍技・蛍火〉を組み合わせて、富蔵の感覚を鈍らせていた。

富蔵はずいぶん驚いたようだった。

だが、富蔵の驚愕《きょうがく》ぶりに、蛍のほうも驚いた。

自分の技がそれほど凄いものだと、いままで知る機会がなかったのだ。

母の青蛾からは聞いていた。

「あんたの技は凄い」と。

たしかに嘘ではなかったらしい。

下の川原まで降り、着物を脱いで、蛍はゆっくりと流れに身をひたした。

そう深くはないので、横になって全身を浸けた。

顎を上げ、頭頂部を冷やすようにする。その冷たさが、首から背中、そして足の付け根のあたりまで、心地よく伝わっていく。

忍技を使ったあとは、いつも身体の中心に火照《ほて》りが残る。それは、だるさを伴った奇妙な感覚なのだ。

月の光に、自分の濡れた身体がきらきらと輝くのを見つめる。けっして豊満《ほうまん》とは言えない、むしろ小柄で実りのすくない身体。だが、この細い身体が獣のような瞬発力や、疲れを知らない持久力を秘めていることを、蛍は自覚している。

――わたしはもう、母さんから逃げまわっていたころとは違う。

少女から成長したが、あのころと変わらないのは、虫が好きというところ。この先も決して嫌いになることはないだろう。というより、水や大気のようなもの。いっしょに暮らしていく。

虫のことはますます詳しくなっている。富蔵に頼んで、紙を買ってもらった。それに虫の絵を描き、名前や特徴を書き込んでいる。虫の種類はもう二千種を超えた。だが、そんなものではない。まだまだいる。

そのほとんどの名は蛍が自分でつけた。だいたいが、虫の名というのは大雑把すぎる。相手の名を呼ばずに、「おい、人」と言っているようなものである。

かたちは似ていても、生態はまるで違ったりする。敵対していたりもする。そうした虫たちを詳しく見つめると、人間にはとても真似《まね》のできない、素晴らしい知恵が見えてくる。
それが蛍の〈忍技〉につながる。
伊賀でも有数の腕利きと言われる富蔵も、娘の技の全貌《ぜんぼう》を知らない。
蛍は自分でも不思議なときがある。
なぜ、こんなことができるようになったのだろうと。
手妻のタネのようなものがある技もある。
だが、それだけではない。
蛍は自分の忍技を、身体でやる技と、心でやる技に分けている。
それは大きく分けるとで、じっさいはその組み合わせであることが多い。
父さんは、〈蛍火〉と〈蜘蛛伝い〉で驚いていた。
でも、わたしができるのは、これだけではない。まだまだいっぱいある。
「ふふっ」
闇の中に微笑《ほほえ》みかけてやる。
森の虫たちも微笑み返してくるのがわかる。

四

身体が冷えすぎないうちに川から上がり、夜道を一人で歩いて家にもどった。

富蔵一家の家屋は、さっき身をひたした谷川が名張の盆地に出る手前の高台にある。

名張の盆地が見渡せ、足元に富蔵の手下となる下忍の家が八軒ほどある。

川の近くには家はつくらない。

水汲みなどには楽だが、川音がうるさく、小さな音が聞き取りにくくなる。夜中の襲撃を察知するには不具合である。

家に入ると、大和竜口《やまとりゆうぐち》の桃兵衛《ももべえ》が来ていた。親戚筋の若者である。

蛍の顔を見ると、桃兵衛は嬉しそうに、

「今日、安土からもどったんだ」

と、言った。

「蛍。桃兵衛の分の夕飯もな」

富蔵が言った。

桃兵衛も中忍だが、父は上忍で頭領の百地丹波である。いまは養子に出されているのだが、当人は上忍のつもりでいる。というのも、いずれ戻って、百地の家を継ぐのではないかと言われているからだ。

桃兵衛は、腕も立つ。若手の中では筆頭だろう。

剣ができるうえに、土木の術に詳しい。

砦づくりが上手く、川の流れを取り込むなどの工夫も働かせる。地形の利を読むことができるという評判である。

「砦だけじゃねえ。城だってつくることができる」

と、豪語する。

たしかに、桃兵衛が築いた砦は、さまざまな工夫が施され、くノ一が忍び込むのも大変そうだった。

「じゃあ、蛍の料理を馳走《ちそう》になるよ」

と、桃兵衛は嬉しそうに囲炉裏端に座った。夏なので、火は熾《お》きていない。

蛍はあまり嬉しくない。

桃兵衛は今年、二十歳になったとき、

「蛍を嫁に欲しい」

と言い出した。

桃兵衛は男前で、伊賀の娘たちに人気がある。当然、蛍は喜んで申し出を受けると思っているだろう。

だが、蛍は桃兵衛が嫌いだった。

嫌いになったきっかけは、

「下忍のくせに」

と、見下した言い方をしたのを耳にしたことだった。あの人たちは、名張のため、命を賭けて戦ってくれる人たちである。

それを、上忍の家に生まれたからといって、なにを偉そうにする理由があるのだろう。偉そうにするなら、それにふさわしいことをやってからだろう。

桃兵衛の申し出に対し、青蛾とも相談しなければならないということで、いまはしらばくれている。

蛍は黙って飯の支度をした。

今朝集めておいたきのこがある。

これと豆、玄米、それと火で炙《あぶ》った雉肉《きじにく》を加え、雑炊をつくった。

一口食べるや、

「こりゃあ、うめえ」

桃兵衛が言った。

蛍は料理もうまい。母から習った。料理を教えるときだけは、忍びの技を教えるときほど厳しくはなかった。だが、

「うまいものをつくれるということは、男の心を摑むことにもなる」

と、青蛾はしつこいくらいに言ったものである。

はじめのうちはあまり好きではなかったが、いまは料理も好きになっている。な

により、料理は忍技にもなりうるのだ。

「ほんとにうめえ」

桃兵衛はまた言った。

「おれの口は奢《おご》っている。そのおれにうまいと思わせるのはたいしたもんだ」

桃兵衛が奢っていると言ったのは、砂糖を入手し、それを料理に使うからだろう。

たしかに、料理に甘味が加わると、味は格段に増す。

桃兵衛の家では、高価な砂糖を買って来たらしいが、蛍は蜂蜜を取って来て、使っている。

蜂蜜は砂糖よりはるかにおいしい。花の匂いもする。

その微妙な甘さも桃兵衛は感じ取ったのだろう。

「おかわり」

あっという間に二杯目を所望する。

蛍が雑炊をよそうのを見ながら、

「青蛾さんを見ましたよ」

と、桃兵衛は言った。

母の青蛾はいま、伊賀にはいない。

半年前、遊芸の一座を率いて他国を探りに行くという仕事は、明智光秀からの依頼だったが、じつは織田信長が明智に命じてさせた仕事だった。

伊賀者の実力を探る狙いもあったらしい。

その仕事は終わったが、青蛾は帰って来ない。信長が放さないらしいのだ。

「なにしてた?」

と、富蔵が訊いた。

「下のほうにある屋敷で、女中勤めをしてました。明智光秀の家です。だが、しょっちゅう天守閣《てんしゅかく》のほうへも行くみたいでした」

「そうか」

「ずっとあそこにいるわけじゃないんでしょ?」

「わからん」

「叔父貴、青蛾さんは相変わらずきれいでしたよ。いい着物をきてたし」

「話したのか?」

「いや、それは駄目でした。誰が見張っているかわかりませんから。でも、青蛾さん、おれに気づいて目配せをしてくれました」

「ほう」

「名張を捨てたわけではないと思いますよ」

桃兵衛は、富蔵を気づかうように言った。

半年経ってももどらない青蛾について、伊賀では嫌な噂が流れた。

「青蛾は信長に気に入られ、側女《そばめ》に取られたのではないか」と。

それが不思議に思えないくらい、青蛾の美貌《びぼう》は際立っていたし、じっさいそうした立場になって秘密を摑んだことも一度や二度ではなかった。

「約束と違う」

と、富蔵は頭領の百地丹波に文句を言ったし、頭領も信長と交渉したらしい。

結局、あと一年、青蛾を雇うという契約を結んだのだった。

だが、揉《も》めていたとき、青蛾は伊賀にもどる機会もあったはずなのである。それでも、青蛾はずっともどって来なかった。

青蛾はいったいどういうつもりなのか、富蔵もわからない。

「おれは信長も見ましたよ」

桃兵衛はそう言って、鼻の穴をふくらませた。

「どこで？」

「安土城から京に出て、すぐにもどったその帰りでした」

「どんな男だった？」

信長のことは伊賀でもしばしば話題になる。

尾張《おわり》の清洲《きよす》城主だった織田信長は、十七年ほど前に桶狭間《おけはざま》で、上洛途中にあった駿河《するが》の今川義元《いまがわよしもと》の大軍を打ち破った。以来、着々と版図《はんと》を広げ、昨年には居城を湖南《こなん》の安土に移した。すでに中原《ちゅうげん》は制したと言っていいだろう。

ここで京を睨《にら》みつつ、全国を手中にしようという勢いである。

「たいした洒落者だった。あれは本物の婆娑羅《ばさら》ですよ」

「婆娑羅か」

使われだしてもう百年以上経つ言葉だろう。いまだに若者にとって憧れの生き方らしい。大人は侮蔑《ぶべつ》を含んで使う言葉である。傾奇者《かぶきもの》、かぶいた者である。

あんな者になられたら、親はたまらない。

「大きくて真っ赤な布を、背中から両肩をおおうようにまとっていた。目立つこと、この上なしです。鉄砲の的にもなりやすいでしょう。だが、信長は怯えていないのです」

桃兵衛は興奮した口調で言った。

「信長はいま幾つだ？」

「四十四と聞きましたが」

「ふうむ」

むろん若者ではない。

それが婆娑羅とは、尋常ではないだろう。

「叔父貴。おれもいっぺんは信長の下で働いてみたい。信長は、いままでにないものをこの国にもたらしてくれそうだ。こずるさだけで立ち回ってきたような、カビ臭くなった爺いどもとは、わけが違う。やはり、天下を取るのは信長だと思います」

「だが、越後《えちご》の上杉《うえすぎ》が動くと言っているぞ」

信長が強いと言っても、越後の上杉謙信《けんしん》にはかなわない。

誰もがそう見ている。

謙信と戦えるのは甲斐の武田《たけだ》信玄《しんげん》だけだった。

〈風林火山〉の旗印。

疾《はや》きこと風の如く、徐《しず》かなること林の如く、侵掠《しんりゃく》すること火の如く、動かざること山の如し。それは、まさに信玄そのものを喩えたような言葉だったという。

ところが、その信玄は上洛の途中、病で死んだ。

その武田信玄と領土を接し、戦では一歩も引かなかったのが、上杉謙信なのである。

謙信は戦の先頭に立つ。そして火の玉のようになって突っ込んで来る。

にもかかわらず、不思議なことに謙信には矢も弾も当たらない。

毘沙門天が謙信を守っているという。

闘神。

とさえ呼ばれる。

いまや、謙信に勝てる者はいない。

信長としては、その謙信と戦う前に、すこしでも版図を広げて、軍勢を確保しておきたいところだろう。まともにやって勝てるのか。信長はおそらく自信がないのだと、伊賀の者たちの多くは、そう見ているはずだった。

「なあに、いまの信長には謙信でも勝てませんよ」

桃兵衛は自信たっぷりに言った。

百地丹波もそう思いはじめているのか。

それとも、桃兵衛一人の判断なのか。

「そうそう。これは、蛍に」

と、桃兵衛はみやげをくれた。

「辻ヶ花だぞ」

「……………」

いま、いとこの毬江《まりえ》が夢中になっているやつだ。端切れを集めて喜んでいる。

恐ろしく手間のかかった染め物で、さまざまな模様が紅や緑で色づけされている。

もちろん、着物をつくれるほどの量ではない。だが、ものを包むくらいはできる。

「これは毬江にやればいいよ。わたしは欲しくない」

蛍はうつむいて言った。

富蔵は困った顔をしていたが、

「桃兵衛。なんせ蛍はまだ子どもなのでな」

と、なだめるように言った。

桃兵衛は、結局雑炊を五杯もおかわりして、

「腹がくちくなった」

と言いながら帰って行った。明日からは仕事で大和に行くのだという。

蛍はホッとした。

桃兵衛が苦手ということもあるし、客が家に来るのを蛍はあまり好まない。

「蛍、今日の飯もうまかったぞ」

富蔵は感心して言った。

富蔵は蛍がつくる料理をほんとに喜んで食べてくれる。

蛍も本当は忍びの鍛錬などせず、ずっと家にいて、料理をつくったり、着物を縫《ぬ》

ったりしていたい。

「いや、料理だけではない。お前の忍びの技も」

「そういえば、父さん。どうして、わたしの技を見たがったの？」

富蔵は今日、お頭のところからもどると、急にそんなことを言ったのだ。

桃兵衛がいたので、訊くのが遅くなってしまった。

「ああ、じつはな、お前に本腰を入れて、仕事をしてもらうときが来たのさ」

富蔵はそう言って、すこしつらそうな目を、蛍に向けた。

第二章　堺の虫

一

翌朝――。

蛍《ほたる》は父の富蔵《とみぞう》とともに堺《さかい》の町に向かった。

家にいるときはさほどでもなかったが、父との二人旅は、なんとなく気づまりだった。

母といっしょだと、蛍はいつも機嫌が悪くなった。父のときは機嫌が悪くなるというのではない。ただ、父とは間が持たないのである。

なにを話したらいいのかもわからない。並ぶと話をしなければならないので、三歩くらい遅れて歩いている。

二人とも身軽な恰好で、つづらを背負っている。中には、山で採れる薬種《やくしゅ》が入っている。これを町の薬種屋に卸すというのが、表向きの商売。

ただ、じっさいにも富蔵も蛍も、薬草や毒草に詳しい。草木はすべて、食べられるもの、毒のあるもの、薬になるものに分けることができるし、飢える心配はまずない。富蔵などは、しかつめらしい顔をしていれば、医者にだってなれる。

蛍は本格的にはこれが初めての仕事になる。くわしい話はまだなにも聞いていない。もしかしたら富蔵もよく知らないのかもしれない。

伊賀の山から出て、道が平らになったころ、

「お前は森では強い。それはわかった。だが、くノ一の仕事のほとんどは、町にある。わかるな」

富蔵は並びかけてきて言った。

「うん」

と、うなずいたが、忍びの技は森でも町でも大差ない気がする。青蛾《せいが》からも、上野の町中で鍛錬させられていた。

「くノ一の仕事は忍びの技だけでは成功しない。むしろ、そうした技を隠し切ったときに成功していることが多いのだ」

「隠し切ったとき……遣うなという意味?」

「できるだけな」

ただ、富蔵はそう言ったが、青蛾は蛍を並外れた戦闘力を持つくノ一に育ててし

まった。

富蔵としては、蛍は自分が関わる範囲の仕事にとどめて置き、できるだけ危険の少ない仕事につけてやりたいのだろう。

「ふうん」

蛍はいくらか不満である。やはり、自分の腕に自信があるのだ。

「蛍は、町には行ったことがあるか？」

「上野は町じゃないの？」

「上野は、家が多くても店なんかないだろう？」

「店はあるよ。おもじって人のところは、旅人に飯食わせて、銭もらってる」

「ああ、そういう店のほかにもいろんな店があるんだ。市が立ったりして」

「わかった」

と、うなずき、

「奈良には二度。京も一度行ったよ」

青蛾と行った。青蛾はたぶん仕事で行ったのだろう。蛍はどの旅でもしばらく旅籠《はたご》で青蛾のもどりを待ったりはしたが、仕事らしきことはしていない。

ただ、京からの帰り、夜通し歩いたが、青蛾が珍しく緊張した顔だったのは覚えている。あれはたぶん、つけて来る者がいないか、警戒していたのだ。

「京は面白かったか？」

「ううん……」

どう言っていいかわからない。

「橋がきれいだったよ」

「橋がな」

富蔵は苦笑した。

同じ年ごろの娘たちは京が大好きである。いとこの毬江《まりえ》はずっと京にいたいと言っていた。蛍は行っているときは目新しさにずいぶんきょろきょろしたが、また行きたいかと訊かれたら、そうでもない。

といって、伊賀の里が好きで、ずっといたいのかと訊かれたら、やっぱりあそこは出たい。

でも、どこかに自分のような者が暮らすのにぴったりの場所はあるのだろうか。

「堺には行ってないか？」

と、富蔵は訊いた。

「行ってない」

「堺は京などとはまるで違う新しい町だ」

「なぜ、堺に？」

「堺の商人からお頭に仕事の依頼があったのだ。堺の商人というのは皆、たいそうな大金持ちでな。大名だって敵《かな》わぬほどだ」

富蔵は、まるで身内を自慢するみたいな口調で言った。

「ふうん」

「依頼の主は千宗易《せんそうえき》（後の利休《りきゅう》）といって、茶人としても有名な人だ」

「茶人？」

「武将たちのあいだで、茶の湯の会というのが流行っている。その会を取り仕切る人のことだ。千宗易は、信長《のぶなが》さまが開く会も仕切り、茶頭《さどう》と呼ばれているそうだ」

「それでどんな仕事を頼まれたの？」

「くわしくは聞いてみないとわからない。どうも、松永久秀《まつながひさひで》という武将について探るらしい」

「松永久秀？」

蛍は聞いたことがあるような、ないような、もっとも知っている武将の名はそう多くはない。

「したたかな武将だ。美濃の斎藤道三《さいとうどうさん》、備前の宇喜多直家《うきたなおいえ》と並んで、戦国の三悪人の一人と呼ぶ者もいる」

「ふうん」

蛍はほかの二人も知らないが、とりあえずうなずいた。

「また、余人にはできないような悪事を三つもしてきた。主家である三好《みよし》家を乗っ取り、将軍足利義輝《あしかがよしてる》を暗殺し、東大寺を焼き打ちして大仏の首を落とした」

「へえ」

「おれは以前に、お頭の命令で松永の多聞山城《たもんやまじょう》を探ったことがある。たしかに、石垣に石仏などを使ったりしていた。神仏をも恐れぬ豪胆な男には違いない」

「松永を殺すの？」

と、蛍が真面目な顔で訊いた。

「いや、違うだろう」

富蔵は苦笑いして首を横に振り、

「武将たちの周囲の警戒はさすがに厳重で、暗殺は忍びの者といえど難しい。それに、伊賀者を使って暗殺したなどという噂が立てば、依頼者は卑怯者のそしりを免れない。千宗易がそんなことをする理由は考えられぬさ」

「わたしはどんな仕事をするの？」

蛍はさすがに不安そうに訊いた。

「おれの手伝いだ。最初はそんなものだ」

「そうなの」

「ずっと、おれについていろ」

「ずっと？」

「ああ。おれのすることを見ていたらいい」

「父さんが危ないときは助けなくていいの？」

蛍は、すこし意地悪い調子で訊いた。

「お前に助けられるようじゃおしまいだ。それより逃げろ。いいな」

返事はしない。

そんなわけにはいかない。

道の行く手に陽が沈み始めた。

堺は名張からだとほぼ真西に二十里（約七八キロメートル）ほどのところにある。夜通し駆ければ、明るくなる前に着くことができるが、ゆっくり大和あたりのようすも見ながら、二日かけて行くことにしたのだ。

二

その晩は、大和の橿原《かしはら》という村で、神社の神殿の隅に泊めてもらった。伊賀の頭ともつながりのある神社らしい。

境内《けいだい》で火を起こせたので、カゴに入れておいた鉄鍋で干《ほ》し飯《いい》を粥《かゆ》にして食べた。

富蔵は蛍に「鍋なんか持ち歩くな」と言っていたが、鍋一つあればいろいろ食べるものが出来るのだ。

それに料理だって、忍びの技のうちである。材料によって、眠らせたり、気持ちよくさせたり、病にさせたり、もちろん殺すことだってできる。

男はそれがわからないのだろうか。毎日の料理で、女房に気持ちまで操られていたりすることとも。

夜はこの鍋で松葉を焚《た》き、蚊遣《かや》りにして寝た。

寝ながら蛍は初仕事について考えた。

伊賀の女たちがする仕事については、同じ歳の娘たちからいろいろ聞いていた。代々伝えられてきた話が多く、なかには、

――ほんとかな？

と疑いたくなるものもある。

「馬鹿に化けて城のようすを見張る、という仕事をやらされた上野の服部《はっとり》のところの女は、二年間の仕事を終えてもどったら、ほんとに馬鹿になってたんだって」

というのもそんな話。

いったいなんのために馬鹿に化けたのか。その理由がわからないだけに疑わしいが、ほんとだったら怖い話である。

だが、蛍がいちばん怖いのは、手込めに関することである。

「くノ一は必ず一度は手込めにされるんだって」

という話には、蛍も愕然《がくぜん》とした。

「最初の殺しも、その手込めの相手にするといいんだって。憎しみがあるから、人殺しに悩むこともない。慣れるにはちょうどだって」

「ふうん」

それはわかる気がする。

「でも、器量《きりよう》のいいくノ一は、逆に手込めに遭わなかったりするんだって」

「へえ」

自分の器量はいいのか、悪いのか、よくわからない。だが、母の青蛾がきれいだとよく言われるので、わたしはたいしたことはないのだろうと思う。

「そのかわり、きれいなくノ一は、側室にされたり、子をつくらされたりするの」

「そんなことまで……」

「藤林《ふじばやし》の絹江《きぬえ》って娘は、丹波《たんば》の小さい城の殿さまに手込めにされそうになるのを逆らったら、それがかえって気に入られ、妾《めかけ》になって城に入れられたんだって。それでこのあいだ、落城していっしょに殺されそうになったのを逃げ出してきたんだけど、城主の妾だったらまたなりたいって言ってたよ」

この話にいとこの毬江は、

「そりゃあ殿さまの妾なら、そこらの足軽に手込めにされつづけるよりずっとましだよ。あたし、京のお公家さまの妾になりたい」

と、言った。

蛍はどっちも嫌だった。そうなったら、なんとしても、逃げ帰ってくる。そういうときのために、いろんな技を磨いたつもりだった。

「くノ一は、なぜか一度目の仕事と、四度目の仕事のときに命を落とすことが多いらしいよ」

という話も聞いた。

「だから、四度目のときは、あいだにかんたんなお遣いみたいな仕事を入れてもらって、五度目の仕事にするといいらしいよ」

「一度目のときはどうしたらいいの？」

と、蛍は訊いた。

「一度目はどうしようもないんだよ。どういう仕事になるかは運だし、たいがいいっしょに行ってくれる人がいるので、その人の言うことを聞いてるしかないね」

つまり、父の富蔵の言うことを聞けというわけである。

とにかく、

「四十まで生きられるのは、十人に一人、墓があるのは百人に一人」

そんなふうに言われるのが、くノ一の定めなのだ。

――そういえば……。

母の初仕事の話を聞いたことがあった。

青蛾は、最初から一人で送り込まれたらしい。

「十五のとき。二十歳という触れ込みで」

と、笑いながら言っていた。

「あんたは幼く見えるけど、あたしは大人っぽく見えたから」

「どんな仕事だったの?」

「三好長慶《みよしながよし》って武将が河内《かわち》のなんとかって城を落としたとき、女たちがぞろぞろ京都の三好の屋敷に連れて行かれたのさ。そのとき、わきからすうっとまぎれ込まされたんだよ。三好の家を探るために」

「そんなこと、できたの?」

「女たちは皆、めそめそ泣いて、他人のことなどどうでもよくなってるわけ。そこに入り込むことなんか、かんたんよ」

それで、三好の屋敷のくわしい見取り図を仕上げ、ふた月ほどで抜け出してきた。

そのあいだは、飯炊きの仕事で、できるだけ目立たないようにしていたらしい。

「初仕事はかんたんだった。大変だったのは、そのあとからさ」

そこからはあまり話したくなさそうだった。

三

翌日の昼過ぎに、堺に着いた。

豪商たちの町だというが、なるほどきれいな町並だった。一軒ずつが大きいので、ごちゃごちゃした感じがしない。縦横にまっすぐの線を引いたように整備された町並を、海風が吹き過ぎていた。

〈とと屋〉という店を訪ねた。間口は十間《じつけん》（約一八メートル）ほどもある店で、ちょうど木箱をいっぱい積んだ荷車が出るところだった。荷物は、干物にした魚らしい。

荷運びの者のほか店の中には、十四、五人もの手代《てだい》がいた。

そのうちの一人に、

「千宗易さまにお会いしたい」

富蔵が声をかけた。

「あんたさまは？」

「百地《ももち》のところから参りましたと」

手代が奥に引っ込むと、すぐに大きな身体の宗匠頭巾《そうしょうずきん》をかぶった男が現われ、

「お頭は元気かな」

と、小声で訊いた。

「ええ。近ごろは末の娘が可愛くてたまらないらしくて」

「ほう。忍びの頭領がな」

宗易は鼻で笑った。

とりあえず店の裏手にある離れに案内された。

「武将以外に雇われるのは珍しいだろう？」

と、宗易が訊いた。

「言われてみれば初めてです。だが、堺の方たちからはたまに仕事をもらうとは聞いていました」

富蔵が答えた。蛍は黙って話を聞いているだけである。

「どうだね、世の中の大きな動きは？」

「さあ、どうでしょう」

富蔵が首をかしげると、宗易は不満そうに、

「伊賀者たちは、世の流れをいちばん知っているんじゃないのかい？　いろんな国に雇われ、裏事情を探っているのだから。伊賀者が調べた話を合わせれば、武将た

ちの動向や思惑《おもわく》は手に取るようにわかるだろう」

と、言った。

「お頭はわかっているかもしれませぬ。だが、わたしどもまではなかなか」

「お頭はそういうことを手下に教えないのかい?」

「教えません。ここから洩れたとわかったら、信用は無くなり、伊賀者の仕事もなくなってしまいます」

「そりゃあそうだな」

宗易は笑ってうなずいた。

宗易の歳は、五十半ばくらいだろう。いかにも理屈っぽい感じがする。なにかつねに思惑がありそうな人で、こういう人は、いろんなことについて、必ずなにかひとこと言いたいのだ。「それはわたしがよく知らないことだ」とは、ぜったい言いたくないのだ。

「娘御か？」

蛍を見て、訊いた。

「はい。蛍と申します」

富蔵が答えた。

「忍びの技は？」

「遣いますわたしもかないませぬ」

「ほう。そうは見えぬな。だが、忍びの者は、そう見えてはいかんのだろうしな」

「さようでございます」

「こんな可愛らしい娘も、伊賀に生まれるとくノ一仕事をさせられる。堺に生まれたら、いいところに嫁にいけるだろうに」

宗易は笑いながら言った。

蛍はその物言いに、内心、かちんときた。どこか、人を見下しているような気がした。

「依頼については、夜、くわしく話す。茶の湯の経験は?」

「不調法《ぶちょうほう》で」

富蔵は頭を掻きながら答えた。

「では、教える。茶の湯を知っておいてもらわぬとできない仕事なのでな」

「はあ」

「荷物を置き、堺見物でもして来るといい。見物にも飽きたら、裏口のほうから入って、わたしの仕事が終わるのを待っていてくれ」

この仕事のあいだ使っていいと、離れの部屋を与えられた。

四

ひとまず海沿いにまっすぐ歩いてみた。

強い海風が吹いてきている。

夏空が海の上に広がっている。雲のかたちは、山で見るのとまるで違う。海から湧き上がってきているようである。

風も山の風とは違う。

「父さん。海風は気持ちいいね」

蛍は、無造作に束ねた髪を解き、嬲《なぶ》らせるようにしながら言った。

「そうかな。塩をはらんでいるから、おれは嫌いだな」

海は町の西側にあたり、船だまりになる入り江もつくられている。そこには大きな船が何艘も停泊している。

「南蛮船もあるの？」

と、蛍は富蔵に訊いた。

「いや、いまはないな。だいたいが、堺の商人が自前の船で長崎へ行き、そこに来ている南蛮船と取引をするのさ。南蛮人もとくに用事がなければ、わざわざこっちまでは来ない。危険が伴うからな」

それはそうだろう。

「貿易ってのは儲《もう》かるのだろうな」

富蔵は羨ましそうに言った。

「父さんもやってみたい？」

「やってみたいが、おれなんか伊賀の匂いが染みついているからな」

そう言う父は、たしかにひどく田舎臭く見える。

「南蛮貿易も儲かるが、琉球貿易も儲かるらしい。それと、こっちから明《みん》に売る商売もな」

「とと屋さんもそれで？」

「とと屋は、もともとは魚の干物を扱っていたらしいが、大きな納屋を持ち、そこにいろんなものを預かって、場所代で儲けている。だが、近ごろは鉄砲がいちばん儲かるみたいだな」

「南蛮から来る鉄砲？」

「いや、そうじゃない。いま、鉄砲はほとんどこの国でつくってる」

「そうなの」

「この堺でもいっぱいつくってる。それを集めて、武将たちに売ってるのさ。ただ、火薬をつくるもとになる硝石《しょうせき》などは異国から入って来たりするので、それといっしょに売ったりしてるのだろうな」

「へえ」

富蔵はけっこう商売のことに詳しいらしい。

「なかでもいい客だったのが織田信長だった。だが、信長の強引なやり口に、堺の商人たちが反発し、一触即発という状況にもなったらしい」

「商人が武将に歯向かったの？」

「結局は堺側が折れたらしい」

「ふうん」

蛍は感心し、あたりを見回した。

町の周囲は、深い掘割で囲まれている。また、いくつかある町の門には、戦支度の男たちが立っていた。

「城だな、これは」

富蔵は感心している。

とと屋にもどる途中、鉄釜などを売っている店の中から声が聞こえてきた。

「この大地が丸いなどというのは、南蛮人の戯言《ざれごと》ですよ」

「戯言なものか。大地が丸いという考えのもとに、南蛮人は反対側からこの国にやって来たのだろうが。たいしたもんだよ」

どうやら、あるじと客が話しているらしい。

南蛮人を褒めた客は、まだ若い武士だった。

「丸かったら海の水はどうなります。下にこぼれちまうでしょうよ」

「丸いから、上も下もないんだろうな」

「上も下もないって、あんた、そういう出たらめを言っちゃいけませんよ。万物《ばんぶつ》に、上と下、表と裏があるのは、世の理《ことわり》ってやつですよ。そういうことをおっしゃっちゃいけませんな」

「堺の商人ともあろう者がなに言ってんだよ。あんた、会合衆《かいごうしゅう》に入ってんだろう。集まりのとき、そういう話もするだろうが」

堺の町は、有力商人たちによる自治がおこなわれていた。会合によって、町の運営をおこなったので、その有力商人たちを会合衆と呼んだ。

人数については三十六人などの説があるが、中心にいたのは千宗易も含む十人の大商人たちであったらしい。

「あたしは入ってませんよ」

「あ、だからわからないのか」

「悪うございましたな」

店のあるじは気を悪くしたらしい。

蛍は、あるじのほうを向いている若い武士の顔を見てみたかった。

だが、背中しか見えず、その背中は武士にしてはほっそりし過ぎているように思えた。

富蔵は堺の町のようすを、いくら見ても見飽きないらしい。

だが、蛍の目が追うのは、町のようすではない。

いや、始めのうちは見ていたが、いまは違う。

蛍は虫を見る。人間だけが暮らすのではない、虫が棲息《せいそく》する町や土地を見ている。

とくにいまは夏。虫がいちばん動き回る、蛍にとってもいちばん嬉しい季節。

一通り町を回って、とと屋の裏の離れに帰って来ると、珍しい虫に気づいた。

南蛮黒虫《なんばんくろむし》。身体は一寸（約三センチ）くらい。黒光りしている。飛べるが、もっぱら家の隅を歩き回る。外より家に棲《す》みつく。

この虫は、伊賀の里にはいない。

以前、京都で見た。宿の人が言うには、こんな虫は、昔はいなかったという。南蛮人は知っていたというから、南蛮から入ってきたのではないか。

それで、南蛮黒虫と蛍が名づけた。

すごく敏捷《びんしょう》である。人の気配を察知して逃げるのだが、どうやって気配を感じ取っているのか、よくわからない。

落ちていた小枝を拾って、投げつけてみる。

小枝が宙を飛ぶ途中で逃げた。

逃げ方に特徴がある。部屋の隅を逃げる。隙間を捜しているからなのか。それとも、そんなふうに逃げたほうが、敵の攻撃を避けられると思っているのか。虫は知恵を働かせているのだ。

まだ、見えている。それで次は後ろ向きでいるところに小枝を投げた。さっきよりは遅れたが、当たる前に壁を駆け上がって逃げた。そこからひらりと舞い降りる。

やはり、目で見ているだけではない。たぶん、小枝が飛んでくるときの気のかすかな流れを感じているのだ。

――南蛮黒虫、なかなかやる。

あの鋭さを学べないものか。気のかすかな流れを嗅ぎ取ることができれば、戦いのとき、どれだけ有利になるか。

逆に、こっちの動きをできるだけ小さくし、気の流れを感じ取れなくする。身体を動かさず、小枝を指で弾いた。

命中。お見事。

蛍は南蛮黒虫と、しばし遊んだ。

五

夜――。

あらためて宗易に呼ばれた。

蛍たちに与えられた離れとは、庭の反対側につくられた小屋――これが茶室というものらしかった。

粗末だけど、なぜか小奇麗《こぎれい》である。

そのくせ漆喰《しっくい》が塗られていないので、土壁の藁《わら》が剝《む》き出しになっている。

なにかちぐはぐな感じがする。

母屋《おもや》はあんなに贅沢《ぜいたく》なのに、なぜこんな粗末にしなければならないのか。

いちばん驚いたのは、小屋の入口が、半間《はんげん》（約九〇センチ）四方《しほう》より狭いくらいで、ここを這うようにして中に入るのだ。

お客を迎えるのにこんなことをさせて、無礼だと思われないのだろうか。

小さな二畳ほどの部屋。天井はそれほど低くはない。

富蔵と二人、並んで座らされる。

蛍はいつになく緊張してしまう。

「探って欲しいのは、松永久秀」

と、千宗易は言った。

「はい。伊賀でも梟雄《きょうゆう》として噂されています」

富蔵が答えた。

「信長さまをこれまで二度も裏切っている。だが、信長さまは久秀を惜しみ、許した」

「なにゆえに？」

と、富蔵は訊いた。信長という男は、裏切り者には仮借《かしゃく》ない報復をすると言われている。

「信長さまのお気持ちはわからないが、自分と似たものを松永に感じるからではないかと推察する向きもある。信長さまも、将軍足利義昭《よしあき》を京から追い払ったり、比叡山を焼き打ちしたり、松永と似たようなことをなさっているからな」

「ははあ」

「だが、二度裏切った男だ。もしかしたら三度目もあるかもしれない」

「以前、やはり別の依頼で、松永を見張ったことがあります」

「どうだった？」

「奇妙な男でした」

「そう。以前から奇妙な男だった。常識外れのところはあった。だが、近ごろ、あの男の茶の湯がおかしいらしい」

「茶の湯が……」

「といってもわかるまい。茶の湯とはこういうものだ」

そう言って、宗易は茶を点《た》てた。

蛍はそのしぐさを見つめた。

茶壺から茶をすくって茶碗に入れる。湯のたぎった釜から湯を茶碗にそそぐ。それをなんと呼ぶのかわからないが、竹でできた道具でかきまわす。

それだけである。

だが、一つ一つの所作が決まっている。美しくさえある。ただ、「なに気取ってるの」と言いたい気持ちもある。

武術ではない。なんなのだろう。茶を一杯飲むだけのことに、なぜこんなにかたちをつくらなければならないのだろう。

これが茶ではなく、酒だったら？　あるいは、蛍が大好きな、蜂蜜を水で薄めたものだったら？

「苦いかい？」

宗易が蛍に訊いた。

「はい」

正直にうなずく。

「では、これをお食べ」

菓子を出してくれた。

うどん粉を水で溶き、薄く焼いたものを丸めたらしい。持つと、柔らかい。口に入れて嚙《か》むと、餅のような柔らかい歯ごたえとともに、初めて感じる甘味が、口の中にふわぁっと広がった。

「どうだね？」

「おいしいです」

「こんなうまいものはあるまい。砂糖というものを使っているのだ」

「砂糖……」

桃兵衛《ももべえ》が自慢していたものだ。ゆっくり味わってみる。

「砂糖は砂糖黍《さとうきび》という草から採れる。暖かい国でないと育たないので、いま、これを琉球で育てている」

たしかにおいしいが、こんなうまいものはないというほどではない。この甘味より、蜂蜜のほうが、コクがあっておいしい。干し柿の甘味だって負けていない。だが、砂糖を料理には遣ってみたい。

「松永の茶もだいたいこんなふうだろう。ただ、昔からの知り合いが見ると、なにか違うらしい。それは茶そのものなのか。茶器などに理由があるのか。人によって言うことはまちまちなのだ。それで、忍びの者に見てもらいたいと思った。茶の湯そのものはもとより、松永の茶の背後にあるものまで探ってもらいたい。それは、茶の湯そのものの存亡にも関わってくる気がするのだ」

「わかりました」

「松永久秀は、この堺とは縁が深い。わたしのこともよく知っている。お前には、わたしの店の手代ということで松永に近づいてもらいたい。陣中見舞《じんちゅうみま》いのような手紙と、砂糖菓子を持って行ってもらおう」

「松永はいま信貴山城《しぎさんじょう》ですか？」

「いや。いまは信長さまの命令で石山本願寺《いしやまほんがんじ》攻めに従事している。天王寺砦《てんのうじとりで》に入っているので、そちらに行ってくれ」

「娘はどうしますか？」

「それはお前たちで考えて欲しい」

「はい」

「わたしの手代ということで、松永は必ず茶を点てるはず。それをよく見てくれ」

「わかりました。ほかの茶会も探ってみたほうがいいですね」

「それはできればもちろんだ。わかったことがあるたび報告してもらいたい」

宗易はそう言って、話を終ろうとした。

「一つだけ。松永のほうは宗易さまに対して敵意を？」

と、蛍が訊いた。

「それはわからぬ。なぜ？」

「宗易さまを見張っている者がいます」

「この堺に？」

「この家に」

蛍がそう言うと、富蔵が驚いて蛍を見た。

富蔵は気づいていなかったのだ。

「堺には大勢の草の者が入り込んでいるだろう。そうした者かもしれぬ」

「いえ、違います」

「なぜ？」

「宗易さまが、松永の名を出されたとき、その障子に耳を近づける気配が」

「なんと」

宗易は愕然とした。

六

「お待ちください」

そう言って、先に富蔵がにじり口から庭に出た。

あたりを窺う。庭は真っ暗である。明かりはない。手裏剣を飛ばされないよう、手燭《てしょく》を消した。さらに宗易に言って、お盆を借りた。刀は母屋に置いてきたので、これで防ぐつもりなのだ。

この小屋から、母屋へもどるまでが危ない。

つづいて蛍、宗易が出た。

侘び寂びにあふれる庭は、静かである。人の気配はない。

すばやく母屋へ向かう。

裏の入り口を開ける。

宗易が火打ち石で手燭を灯した。さらに、棚のろうそくにも火を入れた。

「待って。わたしが先に」

大きな家である。

蛍が先に廊下を進んだ。そのとき、障子を破って刃が突き出てきた。

「あっ」

蛍は身を低くした。と、同時に、障子戸を倒して中へ飛び込んだ。

十畳間ほどの部屋がつづく広い空間である。

「おなごか」

敵のつぶやきが聞こえた。

この闇でも見えているのだ。敵も忍者だろう。

裏の入り口あたりでも、争闘が始まった気配がある。もう一人いて、富蔵が迎え撃っているのだ。

こっちを早く倒し、富蔵の加勢をしなければならない。

敵は刀で斬りつけてくる。

蛍の武器は、帯に隠していた苦無《くない》だけである。

逃げる一方になった。

「大丈夫だ。蛍。こっちの敵は片づけたぞ」

富蔵の声がした。

蛍は部屋の隅を逃げている。ただでさえ小柄な身体をすぼめるように小さくし、すばやく駆けた。頭の中に、昼間見た南蛮黒虫の姿があった。

「とあっ」

斬りかかってきた。刃をかいくぐる。

がしっ。

と、刃が壁に食い込んだ。その一瞬の隙に、蛍は壁を駆け上がり、天井近くで身を翻《ひるがえ》すと、敵の頭上から背後に回った。

「しまった」

敵のつぶやきが聞こえた。だが、そのときは蛍の苦無が敵の背中を突き刺していた。

心ノ臓のあたり。蛍は突き立てた苦無から顔を逸《そ》らした。

できるだけ手ごたえを感じまいとしながら、苦無を抜く。血が噴き出すのをすばやくよける。

初めて人を殺した。だが、罪悪感のようなものはない。母の青蛾からいつも言われていた。殺さないと殺される。殺されたくなかったら殺せ。

そう。虫だって同じ。生きものは、戦わなければ、生きていけない。

「大丈夫ですか？」

蛍は振り返って千宗易に訊いた。

「ああ。お前のおかげで助かった。たいした勘働《かんばたら》きだ」

と、宗易が褒めた。

そのわきで富蔵が言った。

「蛍、凄かったな。さっきの技は」

壁から敵の背後に回った技だろう。

「あ、うん」

南蛮黒虫の動きを真似たことは言わなかった。自分があの虫みたいになってしまう気がしたからである。

第三章　高楼の茶室

一

翌朝――。

堺から天王寺砦に向かった。

それほど遠くない。喉も渇かないうちに歩いて行けるくらいの距離。

だが、近づくにつれ、ようすが変わってきた。兵士の数が増え、いかにも戦場めいてきた。地面でさえ、なんとなくざらざらしてきた感じもする。

蛍《ほたる》はもちろん戦《いくさ》に参加したことはない。だが、大和まで戦見物には行ったことがある。

ただ、遠くで見ていたので、戦のなんたるかはよくわからなかった。

「誰と戦っているの？」

と、蛍は前を見ながら富蔵《とみぞう》に訊いた。

「石山本願寺の一向宗《いっこうしゅう》の宗徒だ。信長《のぶなが》さまは宗教勢力がお嫌いだからな。なんせ比《ひ》叡山《えいざん》を焼き打ちにしたくらいだ」

蛍もそれは聞いたことがある。比叡山という山全体につくられた広大な寺を焼き、坊主たちを何千人と殺したという。

「あれが石山本願寺？」

西から東に指を差した。

「ああ、そうだ」

半里（約二キロ）ほど先が、小高い丘になっている。

空堀らしき向こうに、木柵が何重にも並んでいるのもわかる。物見台にしては、横幅があり過ぎる櫓《やぐら》が、いくつも建っていた。

近づくにつれ、ところどころから、鉄の棒みたいなものが出ているのが見えてきた。それで、鉄砲を撃つための櫓なのだと気づいた。

「あそこから、鉄砲を撃ってくるんだね」

と、蛍は櫓を指差して富蔵に訊いた。

「ああ、そうだ。石山本願寺は、鉄砲を山ほど持っているからな」

「そうなの」

「以前、あそこに近づき過ぎた信長さまが撃たれたことがある。幸い足をかすめたくらいだったらしいが、石山本願寺を落とすのは大変だろうな」

「でも、こっちにも、僧兵みたいな人たちがいるね」

鎧の上から黒と白の僧衣をはおっている。

「あれは四天王寺か、筒井順慶《つついじゅんけい》さまのところの僧兵だろう。大和の寺はいま、信長さまの味方をしているからな」

戦国武将の争いに、宗教勢力の抵抗もからんで、複雑な事情になっている。

いま、信長に激しく抵抗しているのが、本願寺を中心にする一向《いっこう》宗である。一揆《いっき》が加賀や越前、伊勢長島などで起きたが、ここ石山本願寺がその本拠地であった。

一方、四天王寺は聖徳太子によって建立された古い寺である。昔からの宗教で、地元の人たちに親しまれ、一向宗ともとくに対立が激しかったわけではないが、信長軍の石山本願寺攻めに巻き込まれたかたちになった。

奈良の東大寺もまた、四天王寺と同じく古い寺であるが、こちらは衆徒総代の筒井氏が戦国大名になっていたため、大和の覇権を巡って、松永久秀《まつながひさひで》と筒井順慶は宿敵とも言える間柄だった。

その松永と筒井がどちらも信長の支配下に入ったため、ややこしいことになっているのである。

富蔵と蛍は、松永久秀の軍勢が籠もる天王寺砦に入った。

ここは、石山本願寺の南側、ほぼ一里（約四キロ）のところにある。信長は石山本願寺を攻略するため、その周囲を遠巻きに囲んだが、天王寺砦は南の拠点となっている。

かつてあった四天王寺は、石山本願寺の攻撃で、ほとんどが焼失したという。焼け残った材木などを使って、この砦を築いたらしい。

新たに空堀がつくられたり、逆茂木《さかもぎ》が並べられてあったりする。かつて寺だったという面影《おもかげ》はほとんどない。

「宗徒の突撃は凄いからな」

と、富蔵が言った。

もちろん、蛍は見たことはない。

「どんなふうに凄いの？」

「おれは長島の一向一揆を探るので行かされたんだが、まあ、数が凄いわな。倒しても倒しても押し寄せて来る。いったい何人いるのだと、疑いたくなってくる。まるで生き返ってるんじゃないかと思うくらいだ」

「そんな馬鹿な」

「それくらい怖ろしいのさ。しかも、あいつらの顔も怖いぞ」

「顔が怖い？」

「なんせ戦で死ぬと極楽《ごくらく》に行けると思ってるからな。幸せそうな顔で突進して来るんだ。おれはあんな連中とは戦えねえ」

「そうなの」

蛍も富蔵の話を聞くうち、背筋がぞっとした。

二

天王寺砦の中を歩く蛍を見て、

「なんてこった」

と、つぶやいた女がいた。

蛍の母の青蛾《せいが》だった。

――まさか、蛍の初仕事をここにするなんて……。

あの人もほんとに頓馬《とんま》なのだ。松永久秀がどれだけ怪しいやつか、知らなかったのだろうか。

松永久秀は今年六十八になる。この歳まで、戦国の世を生き延びてきたということだけでも、只者ではないことがわかる。

しかも、松永の出自はおろか、その手の内についても、いままで誰も探り当てることができずにいるのだ。

知れば知るほど謎だらけの男。

しかも、この数年でますます不気味さを増しているらしい。

なんとか富蔵に近づいて、蛍は帰すべきだと言おうか。だが、あの子の忍びの技が、伊賀でも抜きん出たものであることも間違いない。

一度、こうした戦場や、松永久秀のような男を見るのは、あの子が学ぶにはいいのだろうか。

青蛾は迷った。

と、そのとき――。

「これは、これは。青蛾さまではないですか」

後ろで声がした。振り向いてすぐ、

「おや、影山《かげやま》さま」

さっと明るい顔に変わった。

松永の側近、影山織部《おりべ》だった。

剣の達人と言われるが、まだ三十半ばほど。やさしげな顔立ちをしていても、あの剣豪将軍とも呼ばれた足利義輝《あしかがよしてる》を斬ったのは、この男だったらしい。

ただ、剣そのものの腕は立っても、周囲の気配を感じ取ったり、敵の来襲《らいしゅう》を予想したりという点では鈍そうである。目の前の敵を倒すだけの男。

「今日もまた、いちだんとお美しい」

影山織部は、調子のいい声で言った。

「なにをおっしゃいます。こんな姥女《うばめ》を」

「いえいえ、あるじが申しておりました。青蛾どのの美しさを見ると、若い娘の美しさはくだらないもののように見えてくると」

「おやおや」

と、しらばくれた。

蛍を産んだのは、いまの蛍と同じ歳だった。だから、青蛾はいま、三十二。

それほど若く見られるということはない。せいぜい二つ三つほど若く言われるくらい。

だが、「滴《したた》るほどの色気」とはよく言われる。

そう思った男は、すでに青蛾の術に落ちているのだ。

なぜなら――。

青蛾は色っぽくもなんともない女なのだ。色っぽく見せているのは、

――すべて技。

なのである。

「まさか、信長さまのお遣いで?」

「そうなのです」

「戦場におなごの遣いとは、前代未聞《ぜんだいみもん》ですね」

「いいえ、ただ、信長さまの見舞いの品を届けるというかんたんな用でしたので、わたしを遣わされたのでしょう」

「そうではありません。わがあるじがいちばん喜ぶことを、信長さまはご存じなのでしょう。わがあるじは、青蛾さまをほんとにお気に入りなのですから」

「まあ」

青蛾は頰をぽっと赤らめてみせた。

松永久秀とは、安土城に来た際、接待役を命じられて会った。青蛾は、若い踊り子たちとともに踊った。

踊りは〈ややこ踊り〉という可愛らしいものだが、青蛾はそれにたっぷりの色気をまぶして踊る。久秀の視線が粘りつくようだった。

その後、酒の席になり、久秀はほかの踊り子に、

「あの女はどういう素性だ?」

と、しきりに訊いたらしい。信長の女なのかと。もし、そうであれば、とても手は出せない。

だが、誰に訊いても、そんなことはないという返事だったに違いない。

じっさい、信長という男は、女に対しては意外なくらい恬淡《てんたん》としている。むしろ、汚らわしいくらいに思っているのではないか。

そんな返事を得て、久秀はしきりに声をかけてきた。

「もし、信長さまのもとを去るときがあれば、ぜひ、わしのところに来てくれ」

燃えるような目で言われたものだった。

「ささ、早く、わがあるじに挨拶を」

影山織部が青蛾の背中を押した。

三

「松永さま。堺の千宗易《せんそうえき》の店の者です」

と、富蔵は松永久秀の陣を訪ねた。

むろん、後ろには店の女中に扮した蛍もいる。

大きな櫓の下に陣幕《じんまく》が張られ、その中で松永は南蛮のものらしい敷物に横になり、女に身体を揉《も》んでもらっているところだった。

「お、宗易がどうかしたか」

「茶会向けに砂糖菓子をつくってみましたので、松永さまにどんなものか味わっていただくよう言われてまいりました」

菓子折りと書状を渡した。

うつ伏せになったままなので、軽く頭を振っただけである。

「宗易が砂糖菓子をな。あいつは〈ふの焼〉以外は嫌いなのかと思っていた」

「いいえ、これはあるじも自慢の出来のようです」

「今日はほかにも客が来ることになっている」

と、松永久秀は言った。

「お忙しいことですな」

富蔵はお愛想を言った。

「信長公からの陣中見舞いもまもなく届く。筒井順慶の使者もすでに来ている。筒井の使者は会いたくないが仕方がない」

筒井とは、大和をめぐってここ十年来、戦を繰り返してきた。だが、いまはどちらも織田軍に帰属していて、敵対するわけにはいかないのだ。

「それはそれは」

「そこへ宗易の茶菓子だ。今宵《こよい》は茶会を開こう」

「ありがとうございます」

「お女中も出るがよい」

蛍をちらりと見て言った。

「まあ、ありがとうございます」

蛍が出席するのは難しいと予想していたのだ。

「あそこがわしの茶室だ」

なんと松永は寝そべったまま、空を指差した。

すぐわきに、巨大な物見の櫓が立っている。高さは八間（約一四・五メートル）ほどありそうである。

そのてっぺんに、たしかに小屋のようなものが載っている。

あれが茶室なのだろうか。

「おそらく、本願寺も今宵あたりは夜討ちをかけてくるだろうな」

と、松永が嬉しそうに言った。

「茶会どころではないのでは？」

「いや、夜討ちの音を下に聞きながら茶を楽しむのが、またよいのだ。すまぬが、陽が落ちるころに、またここへ来てくれぬか」

「かしこまりました」

と、陣幕の外に出た。

砦の中には、以前、店だったような家も残っているのだが、いまは休憩することもできない。

ひとまず外に出て、日蔭にでも入ろうと歩き出した。

「どうだ、松永という男は？」

と、富蔵は訊いた。

「なんか戦がないときなら、面白いおじさんという感じだよ」

と、蛍は言った。正直な感想である。

「あれがか？」

「うん。話のわかる、気前のいい、酔うとすぐに歌とかうたい出すおじさん。うちの親戚にいてもおかしくないよ」

「ほう。だが、あいつは昔からとんでもない悪党と言われているんだぞ」

「へえ」

たしかに敵に回すと一筋縄《ひとすじなわ》ではいかないのかもしれない。

それと顔色があまりよくなかった。肌が蠟《ろう》のように青白かった。どこか身体が悪いのかもしれない。

――ん？

砦の出口近くに来たところで、目の前に蜘蛛の糸が横切っているのが見えた。

まっすぐ横に張られている。

蜘蛛はこんな糸の張り方はしない。

糸の先を目で辿った。

「あ」

母の青蛾がいた。こっちを見て笑っている。

「父さん」

「ん？」

「ほら」

と、顎《あご》をしゃくった。

「青蛾……」

父も呆然としていると、青蛾は悪びれたようすもなく寄って来た。

薄手のきれいな着物をぞろぞろと着て、黄色い派手な帯をお腹のところで蝶々のように結んでいる。また、それが派手な顔立ちによく似合っている。

大きな目——それだけが蛍も似ていると言われる——で富蔵を睨《にら》むように見て、

「松永を探ってるんだね？」

と、訊いた。

ひさしぶりの夫婦の出会いだというのに、情愛のかけらも感じられない。人目を気にしているからなのか。蛍はわきで聞いていて、呆れた。

「ああ。夜は茶会に出る」

富蔵は言った。

「だったら、いっしょになるね」

「知らぬふりをするさ」

「もう見られているかもしれないよ。信長さまのところで、会ったことがあるってことにしたほうがいいね」

と言って、青蛾は蛍を見た。

蛍は軽くうなずいた。

「蛍の初仕事になるんだろ？」

青蛾は富蔵に訊いた。

「ああ」

「なんで松永久秀にしたんだい？　こいつはとんでもないやつだよ」

「蛍は面白い親戚のおじさんのようだと言ったぞ」

「あんた、甘いね」

青蛾は蛍を見て言った。

「千宗易の依頼なので、そう危なくはないと思ったんだ」

「宗易ね。そっちはそっちで曲者《くせもの》だ」

吐き捨てるように言った。

「そうなのか？」

「このところ茶人として見られることが多いけど、あいつはしょせん武器商人だよ。おつに澄まして茶なんか飲んでいても、戦を煽《あお》って鉄砲売っちゃ儲けているんだ。顔に穴開けられて死んでいく人を横目で見て、侘びだ寂びだと言ってんだからね。あたしに言わせりゃ、なにうすら気取ってるんだって話」

口調は辛辣《しんらつ》きわまりない。

「そりゃ、まあ、そうだが」

富蔵は気押《けお》されたように俯いた。そこまで厳しい目では見ていなかったらしい。

だが、昨夜の襲撃のことを思っても、千宗易もただ者ではないのだ。

「どれだけ、したたかなやつか。蛍、気をつけるんだよ。いいね」

押しつけがましい口調は変わらない。

「お前はなぜ？」

富蔵が青蛾に訊いた。

「信長さまの命で、松永久秀を探りに来たんだよ」

「じゃあ、まもなく来る信長公の陣中見舞いとはお前か？」

「そうだろうね。ここで、明智《あけち》光秀《みつひで》さまの家来といっしょになるように言われてね」

青蛾は砦に入って来る者に目をやっていたが、

「あ、来た」

と、つぶやいた。

若い男が近づいて来た。

顔は初めて見るが、なんとなく覚えがある。瘦せているが、上背はある。

暢気そうな声で思い出した。堺の鉄器を売る店にいた若い武士ではないか。大地が丸いとかいう話をしていた。

「やあ、青蛾さん」

青蛾とは、すでに顔見知りらしい。

「明智光秀さまの家臣で入船丈八郎《いりふねじょうはちろう》さまだよ」

青蛾の顔には、さっきとはまるで違う艶然《えんぜん》たる笑みが浮かんでいる。このつくり笑いだけは、蛍にもぜったい真似できない。

「お初にお目にかかります。手前どもは千宗易のところの使用人でして」

富蔵が商人らしく深々と頭を下げた。

「あ、宗易さんのところな。もっともわたしは、茶とかは苦手なものでな」

まるで侍らしくない、屈託ない笑顔を見せた。

四

茶室はほんとうに櫓の上につくられていた。

家の階数で言ったら、五階ほどの高さまで階段を登ると、例の小さな入り口があった。

そこをくぐると、地上はいっさい見えなくなった。

ところが、頭上には星空が広がっていた。

じつに奇妙な茶室だった。

「まずは席に」

松永が炉の前に座り、その斜め後ろに影山織部が座った。

影山は茶会の出席者というより、いかにも護衛《ごえい》である。

松永久秀の正面には、青蛾。信長の使いということで主賓扱いなのだろう。

その隣に明智光秀の使いである入船丈八郎。そして、筒井順慶の使いが座った。

影山の側に、千宗易の使いである富蔵、さらに隣に蛍が座った。

つまり、客が五人、ぜんぶで七人が、四畳半の部屋に収まっている。

宗易の茶室ほどではないが、やはり狭い。

だが、窮屈《きゅうくつ》というほどではない。

宗易は富蔵の刀を外させ、茶室には持ち込ませなかった。

松永はなにも言わない。

「刀はよろしいのですか？」

筒井の使いが訊くと、

「武士であれば、刀を身につけているのは当然、脇差《わきざし》はそのまま、大刀《たち》は脇に置いていただければ」

と、松永は言った。

だが、この狭さで斬り合いは難しいだろう。

「屋根がないのですね」

入船が上を見ながら言った。

「ふだんはある。茶会のときに外すのじゃ」

「ほう」

「地上のことは見えない。ただ、空だけが見えている。どうじゃ、宗易にはこんな茶室はつくれまい」

そう言って、松永は富蔵を見た。

「……………」

富蔵は困った顔をしている。

「宗易はただ、狭くしたいだけなのだ。それはあいつがつくろうとしている型だ。宗易は昔から型が好きでな。型にはまることが、小さく生きることだというのに気づいていないのだ。それを、さも、おのれだけが侘びや寂びの究極を知ったような顔をする」

「……」

富蔵はうつむいた。

ムッとしているようにも見える。だが、もちろん芝居である。

「だが、世間には、あいつの茶の道のほうが、受け入れられるだろうな。なぜなら、そのほうが愚者には選びやすい道だからだ。型を示し、型を学ぶという道は、なんと言っても楽なのだ。それは愚者の喜ぶ道だろうよ。型のない道を行くのは容易ではない」

そう言って、松永は上を見た。

列席者もつられて上を見る。

ちょうど流れ星が、小さく囲った夜空を横切った。

また、一つ。

「流れ星は珍しくない。ここに横たわって空を眺めていると、一晩に数え切れないくらい星が降る。この地球が、広大無辺の宇宙に浮かんでいるからだろう」

「松永さまは、南蛮人が唱える地球が丸いという説を信じるので？」

蛍の前で、筒井の使者が訊いた。

この人は、妙な臭いがする。牛乳が腐ったときのような臭い。よほど身体を洗っていないのだろうか。

「信じざるを得まい。あやつらは、その考えのもとに、じっさい地球の裏側からこの国までやって来たのだ」

松永がそう言うと、入船丈八郎が嬉しそうにうなずいた。

「ところが、頭の固い者はそれを信じない。知ろうともしない。そんなことは自分には関係ないとばかりにな。ところが関係はある。この世の真実を知ろうともしないやつが、この国を治め、民に説教しようとする。頭の足りないやつが考える小さな人生を、他人に押し付けようとする。皆で、井戸の中の蛙のように生きて行こうと」

そう言いながら、大ぶりのどっしりした茶碗に、茶壺から茶をすくって入れた。激越《げきえつ》な口調のわりに、所作はゆったりとしたものだった。

「宗易なども、地球が丸いなんてことは考えまい。そんなことは気づかないよう、狭い部屋に閉じこもりたい一心さ。筒井順慶ももちろん考えない。だいたい、あれはもう考えるなんて力はない。ただ、檀家《だんか》の言うことを聞いているだけ」

筒井の使者の顔が強張《こわば》っている。

「筒井順慶には秘密がある。あれに考える力がないのは当然でな。どうやら、あいつは去年あたりに即身成仏《そくしんじょうぶつ》しようとして失敗したらしいのだ」

「松永どの」

筒井の使者がたしなめようとした。

ちょうど釜の湯が沸き、
しゅううう。

という風のような音を立てはじめた。

それは、蛍の耳にも心地よい音だった。

釜は黒光りする鉄でできていて、異様なほど平べったいかたちをしていた。模様もあった。どことなく、蜘蛛に似ていた。

松永はその釜から竹の柄杓《ひしゃく》で湯をすくい、茶碗にそそいだ。

落ち着いて、おだやかな所作だった。

だが、言葉はさらに激越なものになった。

「死にそこねたのだ。筒井順慶は。すると、奇妙なものよのう。それからは半分生きているが、半分は死んだような人間になったのさ。そんな男に、地球が丸いなどという新しいものの見方ができるわけがない」

筒井の使者に、刀に手をかけるのではないかという殺気が満ちていた。

だが、誰もその殺気に動じる者はいない。

蛍だけが、拳を強く握り、緊張していた。ただ、いかにも小娘らしい緊張というふうに装ってはいた。

松永は茶碗を竹の小道具でかきまぜた。

その茶碗を最初に青蛾の前に置いた。

その手つきを見ながら、

「千宗易さまも、筒井順慶さまも、地球が丸いということを考えようともしない、そう松永さまはおっしゃる。では、わたしのあるじである信長はどうなのでしょう?」

と、青蛾は訊いた。

松永久秀は大きな目で青蛾をじいっと見た。

五

そのとき、遠くから巨大な喚声が湧き上がった。

それがいっせいにこっちへ向かって来るのもわかった。

すぐ下でも、喚声が上がった。

同時に、多くの人間たちのうごめく気配が、ここまで噴《ふ》き上がって来るようだった。

夜討ちが始まったのだ。

だが、松永久秀は落ち着いたものである。

「信長公は知っている。地球が丸いことを」

と、言った。

「では、先ほど松永さまがおっしゃった真実を知る者の治世となりますね」

「信長公に天下を統一できればな」

「できぬと？」

「それはわからぬさ」

松永久秀は微笑み、茶を飲めというように顎をしゃくった。

青蛾は茶碗を両手で持ち、抱きかかえるように顔の下に寄せた。

――ん？

青蛾が蛍に合図を送ってきた。

軽い咳払い。だが、それは本当の咳払いとは違う音階になっている。

茶を口に含んだ。

だが、飲んでいない。吐き出し、それは手のひらに隠した布にふくませた。

蛍にもそうせよと伝えたのだ。

「けっこうなお点前《てまえ》で」

青蛾はそう言った。

「どうだ、乙なものであろう。宗易でもこんな茶会はできまい」

「さすが松永さま。あるじ信長も、松永さまは武人としてだけでなく、茶人としても一流と申しておりました」

「それはどうかな」

松永は苦笑した。

茶碗が隣の入船丈八郎に回った。それから筒井順慶の使者へ。

鉄砲の音が激しくなっていた。何百挺もの鉄砲が発射されると、足元で雷が鳴っているようだった。

茶室の話も聞き取りにくくなってきた。

こちらの列に茶碗が回り、蛍の番がきた。

茶碗を持ち、軽く口にふくんだ。ほんのかすかに異臭がした。

これはたぶん青蛾の合図がなかったとしても飲まない。

やはり、飲んだふりをして、布に吐き出した。

蛍は富蔵にも合図を送った。危機を報《しら》せるため息。

ところが――。

富蔵はいかにも商人らしい丁寧な所作でこの茶碗を持つと、ゆっくり口に含み、いったん味わい、それをごくりと飲み干した。

――え？

蛍は驚き、そっと富蔵を見た。

富蔵の表情に変わりはない。

だが、すぐに察した。富蔵は異臭から毒の種類を見破ったのだろう。

死ぬほどではない。

ならば、いっそ松永の狙いを探るためと、それを飲み干したに違いない。

じっさい、富蔵はふだんから、すこしずつだが、さまざまな毒を飲んでいる。それで毒が効きにくい身体をつくっているのだ。

もちろんこのあとで、解毒の薬を飲んだりするはずである。

茶碗は松永の前にもどった。

松永はその茶碗をきれいにし、もう一度、茶壺を開けた。

もう一杯点て、今度は逆に回すのだろう。さっき、青蛾から茶の湯のことをいろいろ聞いておいたのだ。

だが、蛍の耳に、奇妙な呻《うめ》き声が聞こえてきた。

下で響いている戦の喧騒《けんそう》の中でも、その呻き声は聞き取れた。

「ううう」

富蔵が呻いていた。

——どうしたの、父さん？

目で訊こうとした。

だが、富蔵は意外な動きを見せた。

すばやく松永の前にあった茶碗を取ると、

「このような茶は許されまい」

そう言うと同時に、飛び上がった。

茶碗を松永の頭にでも叩きつけようとしたらしい。

わきにいた影山の手が動いた。脇差が抜かれたのがわかった。

蛍は止める暇もない。

脇差が飛び上がった富蔵の胸に突き刺さった。

「ひどい！」

蛍が叫んだ。

「この者は曲者だ！」

影山織部が言った。

「もし、大丈夫ですか」

青蛾が富蔵を助け出そうとするように、肩に手をかけた。富蔵がこれ以上斬られたりしないよう、さりげなくかばう恰好になっている。

蛍と、入船もそばに寄る。

「茶会は終わりだ。それどころではなくなった」

松永がそう言い捨てて立ち上がった。

六

戦の音は激しくなる一方だった。

松永は板壁の一部を横にずらした。すると、窓が開いた。下に押し寄せてきている軍勢のようすを見ているらしい。

「矢を持って参れ」

松永は影山に向かって怒鳴《どな》った。

「ただいま」

影山はにじり口から飛び出し、すぐにもどって来た。かなりの剛弓であることは見て取れた。

松永は窓に片足をかけ、思い切り引き絞って、放つ。

立てつづけに放つ。満足げな顔をしているのは、命中しているからだろう。

ふと、思い出したように客たちを見て、

「そなたたちは退散せよ!」

と、怒鳴った。

蛍は富蔵を介抱していた。胸の傷に布を強く当て、なんとか噴き出す血を止めようとした。青蛾もそばに来て、帯を解き、それを富蔵の胸に巻きつけた。

松永の戦いを助けている影山を睨むと、青蛾は首を横に振った。

「いまはおよし」

すでに筒井の使者は逃げてしまっている。

「わたしの背に」

と、入船がにじり口のところで富蔵を背負ってくれた。

階段を降りる途中でも、矢や鉄砲の弾が飛んで来る。それらを青蛾が防ぐようにしながら、地上に降りた。

「裏手にはまだ敵も回っていない。逃げるよ」

青蛾が言った。

兵士たちをかき分けるようにして逃げる。ふいに兵士が倒れたりして、鉄砲の弾が飛び交っているのがわかる。

入船が駆けながら言った。

「まだ呻いている。助かるかもしれない」

裏手の門を出て、海のほうに向かうことにした。

「堺には南蛮の医術がある。堺に行こう」

入船がそう言ったからだった。

海辺に来て、舫《もや》ってある小舟を見つけた。

四人で乗り込み、入船が櫓を漕いだ。

岸辺から離れ、戦の音が遠くなって、蛍はようやく気持ちが落ち着いてきた。

父が奇妙な呻き声を上げたあたりから、なにがなんだかわからなくなっていたのだ。

「父さん、しっかりして」

あの高楼の茶室の空にはなかった月が、西のほうに傾いていた。十六日の明るい月だった。

「………」

富蔵がなにか言った。

「なに、父さん。どうしたの？」

「茶が」

と、かすれた声で言った。

「茶を飲みたいの？」

返事はない。

ふいに首が折れた。

富蔵の命の火が消えたのがわかった。

「ああっ」

蛍の口から嗚咽が洩れた。

悔しさがこみ上げる。すぐそばにいて、助けられなかった。

いくら思いがけない行動だったとはいえ、なにかしらできることはあったのではないか。自分はいったいなんのために、いままで忍びの技などを鍛えてきたのか。

舟はまだ進んでいる。

蛍は顔を上げて言った。

「母さんは助けられたでしょう」

青蛾は真ん前にいたのである。影山の動きを牽制し、急所を外させるくらいはできたのではないか。

「無理だったね。あの影山ってのはたいした腕だし、松永だって耄碌爺《もうろくじじ》いではない。下手すりゃあんたも動いて、一家三人、あの狭い茶室でお陀仏だったよ。あの人の頓馬なふるまいのせいでね」

「父さんの悪口はやめて！」

海の上で、蛍の声が波間に散った。

第四章　動き出した父

一

海とは反対のほうから朝陽が昇ってきて、波を赤く染めていた。

蛍《ほたる》と青蛾《せいが》、それに入船丈八郎《いりふねじようはちろう》が手伝ってくれて、堺の町に近い、海辺の丘に富蔵《とみぞう》の遺体を葬り終えた。

丸太に〈富蔵の墓〉とだけ書いた墓標。

ここは一面の草原である。

潮風のため、耕してもろくに作物は実らないのだろう。そのかわり、風に草がなびき、海の青と草の緑が広がる素晴らしい景色になっていた。

「父さん、伊賀に帰りたいかな？」

蛍は潮風になぶられながら、沖のほうを見て言った。

「どうかね。あたしは帰りたくないね。ここのほうがずっと景色もいいし」

と、青蛾は言った。

「でも、海より山のほうが好きってこともあるよ」

そういえば、潮風はあまり好きではないみたいに言っていた。

「だったら、自分で行くだろう。もう、身体から心は解き放たれているんだから」

「そうだね」

初めて母親からいいことを聞いた気がする。

「いい葬式じゃないか」

と、青蛾は言った。

「これが？」

「ああ。伊賀で葬式なんかやってみな。義理だけで顔を出す親戚が、ぞろぞろやって来て、人の悲しみまで踏みにじって行くんだ。あたしが死んだときも、こんなふうにさっぱりと葬ってもらいたいね」

「うん。そうするよ」

蛍はわざと冷たく言った。

「もっとも、くノ一は誰にも看取《みと》られず死ぬことのほうが多いけどね」

「母さんは、そんなくノ一になれって」

「おや、まだわかってないんだ。あたしは一流のくノ一になるように育てたんだよ。

そこらで野垂《のた》れ死《じ》にしないためにも、一流になれってね」

「ふん」

蛍はそっぽを向いた。

だったら自分がなれば済むことではないのか。そうやって人に押しつけていないで。

言い返したかったが、波打ち際には疲れたようすで腰を下ろしている入船もいるし、なにより父の墓前である。喧嘩の声は煩わしいだろう。

「それより、あんた、どうするんだい？」

青蛾が訊いた。

「どうするって？」

「伊賀に帰るのかい？　くノ一は嫌なんだろ？」

意地の悪い訊き方だった。

「仕事はまだ終わっていない。父さんの依頼は、わたしもいっしょに受けたんだよ」

「ということは？」

「松永久秀《まつながひさひで》の茶の湯がおかしいというのはわかった。でも、なにがどうおかしいのかはわかっていない。父さんだって、そこを探りたかったはずだよ。このまま引き下がったら父さんの死が無駄になる」

それに、富蔵からも忍びの技は教えて欲しかった――そんな思いがこみ上げてきた。

「じゃあ、あんた、また、潜入する気かい？」

「もちろんだよ」

「松永久秀はただものじゃないよ」

「充分わかったよ」

「千宗易《せんそうえき》さまは、誰かに頼まれたわけじゃないだろ？」

「たぶんね」

「兄弟子と弟弟子だからね。あの二人は」

「そうなの？」

「どっちも武野紹鷗《たけのじようおう》という茶人の弟子だそうだよ。松永は武将、宗易は商人だが、信長《のぶなが》さまの茶会の茶頭は宗易が務めるようになった。負けて悔しいのだろう」

「負けて悔しい？　そうかなあ」

蛍は首をかしげた。

「そうは思わないの？」

「松永は宗易さまに負けたとは思っていない。むしろ、勝っていると思っている。

それがわからない信長さまが憎いのでは？」

「あんた、面白いことを言うね」

「信長さまに反旗を翻《ひるがえ》すんじゃないの？」

と言って、蛍は青蛾を見た。

青蛾の表情に変わりはない。

朝焼けの空の中をてんとう虫が飛んできて、墓標の上に降りた。

蛍の目は自然とそっちを向く。

背中に七つの星。

てんとう虫は、虫のなかでもとくに好きなものの一つだった。なんといっても、小さくて可愛らしい。

得意技は死んだふり。危険に遭うと、ころりと死んだふりをする。そのとき、臭くていかにも苦そうな液を出す。そこも面白い。

いまは、墓標にとまって、ただ羽根を休めている。

そのてんとう虫を見ながら、

「ねえ、母さん。なんでもどって来なかったの？　伊賀では父さんやわたしを捨てたんじゃないかとも言われていたんだよ」

「なんでだろうね」

青蛾は微笑みながら首をかしげた。

「ふざけないで」

蛍は怒った。

「ふざけちゃいないよ」

「閉じ込められていたわけでもなかったら、いつだって逃げて来られたでしょうが」

「面白そうだったんだよ」

「面白そう？」

「そう。信長って人が……」

青蛾はそう言って海の彼方を見た。一瞬、恥じらいのような感情が浮かんだ気がした。

蛍は青蛾のきれいな横顔をじっと見た。

だが、いつものように考えていることはよくわからなかった。この人は、自分でもわかっていないのかもしれなかった。

二

青蛾と入船丈八郎は、いったん天王寺砦のようすを見て来ると言ってもどって行った。入船には結局、自分たちが伊賀者で、信長や宗易には雇われているだけということを知られてしまった。だが、だからといってとくに困ることもなさそうだった。

蛍は、昨夜の茶会のことを千宗易に報告しなければならず、ふたたび堺の町に入った。

昨日父と出たこの町に、今日は一人になって帰って来た。変な感じだった。

「嘘でしょう」

と、口に出して言った。父の死にまだ実感がわかないのだ。

ひどく疲れていた。早く横になって眠りたかった。目が覚めると、丸一日分が夢だったりしたら、どんなにいいだろう。

通りをしばらく行くと、男とすれ違った。

髷を結わず、肩まで伸ばした髪が金色だった。肌はうっすらと白く、目鼻立ちがくっきりとしていた。

――あれが南蛮人か。

背が高く、痩せている。土臭さがまったくない。

なんだか身体をつくっている元のものが違うような気がした。

さらに行くと、その南蛮人を見送っている男がいた。

怪訝《けげん》そうな顔だったので、蛍は、

「どうかしたのですか？」

と、声をかけた。

鍛冶屋が仕事の途中だったらしく、金づちを手にしたまま、

「いや、あの南蛮人は、ちっと頭がおかしいのかもしれないな」

と、言った。

「どうしてですか？」

「死んだ人、生き返りませんかって訊かれたんだよ」

「それで？」

「生き返るわけねえだろうって答えたさ」

「ですよね」

「バテレンを拝むと、生き返るとか言いたかったのかな」

「ああ」

南蛮人は、そもそもキリシタンの教えを伝えるためにやって来たと聞いたことがある。

「あれはたしか今井宗久《いまいそうきゅう》さまのところに来ていた南蛮人だよな」

「今井さま……」

それが誰かも知らない。

「弱ったもんだよ」

鍛冶屋はそう言って、奥の仕事場に引っ込んだ。

ほかにも大勢の職人が作業をしているのが見えた。

壁には、ずらっと鉄砲が並んでいた。

——戦がなければ、父も死ななかった。

蛍はちらりとそう思った。

三

「富蔵が亡くなった？」

当の娘からの報告だからなおさらなのか、千宗易は衝撃を受けたらしい。

茶を点ててくれようと柄杓を取った手が震えた。

蛍はさらに詳しく死んだときのようすを伝えた。

「茶を飲んで錯乱した？」

「はい。気がついたときは、呻き声を上げていました。どうしたのかと訊こうとしたら、松永さまに飛びかかろうとして、脇にいた護衛の武士に刺されたのです。一瞬のできごとで、止めることも助けることもできませんでした」

口にすると、あらためて悔しさがこみ上げる。

「酒ではなく、茶でなあ」

宗易は首をかしげた。

「おかしな臭いがかすかにしました」

「どんな臭い？」

「錆《さび》っぽい臭い」

「それは血の臭いかね？」

「違います。錆っぽいが、鉄の臭いではありません」

血は鉄臭い。それとはまるで違っていた。

「だが、金物のようなのだな」

「はい」

「味は？」

「味はしません。茶の味はしました。ここでいただいた茶と同じ味でした」

「ふうむ」

「そんな臭いのする茶はないですよね？」

宗易は、茶の味をたしかめさせるように、蛍に茶を点ててくれた。

あらためてその所作を眺める。

美しい。だが、松永も宗易に負けず劣らず美しかったのだ。

「鉄瓶でわかした湯を使えば、かすかに鉄の臭いもするのかもしれない。だが、ほかの金物の臭いのする茶というのは、わたしには思い当たらないな」

「やはり」

「なにか入れたのだろう。ただ、茶を飲むと、まれに心ノ臓がどきどきし、興奮したようになる者がいる」

「そうですか」

「だが、富蔵はここで茶を飲んだとき、なんともなかった」

「ええ」

「つまり、茶そのもののせいではない」

蛍は宗易の茶を味わった。

だんだんおいしく感じられる気がする。

甘い饅頭《まんじゆう》も出してくれた。宗易は慰めてくれているのだろうか。

松永や青蛾が言った、宗易への非難の言葉も思い出した。愚者には選びやすい道。

しょせん武器商人。

「あんたはその茶を飲まなかったんだね？」

「はい。飲んだふりして吐き出しました」

「富蔵は気づかなかったのだろうか？」

「いえ、そんなわけはありません。父はふだんから毒になれていて、自信があったのだと思います」

それで、どんな反応が出るか、自分で確かめたかったのだろう。まさか、あんなことになるとは思ってもみなかったのだ。

「つまり、それほど強力な毒だったということになるな」

「でも、奇妙です。あの茶を飲んだのは、ほかにもいました。明智《あけち》さまの使いと、筒井《つつい》さまの使いも飲みました。でも、おかしくなったのは、父だけです」

「ほう」

「なぜでしょう？」

宗易は自分も茶を喫し、しばし考え、

「その毒に慣れていたのかな」

と、言った。

「明智さまや筒井さまの使いは、初めてお目にかかったようです」

「それは不思議だ」

「まだまだわからないことだらけです」

「わかったのは、松永の茶は、やはりおかしな茶だということだけか」

「宗易さま。わたしも伊賀のくノ一です。父が途中になった仕事を引き継がせてください」

「あんたが？」

宗易は目を見開いて蛍を見た。

「はい」

「いくつだね？」

「十六です」

「十六か。すこし幼く見えるね」

「よく言われます」

「お頭に叱られないかい？」

「それは大丈夫です」

母から話してもらうこともできる。だが、そのことは言わない。

「あんたがきわめて優秀なくノ一だってことは、わたしもこの前、目の当たりにした。わかった。あらためて、あんたを雇わせてもらうよ」

「ありがとうございます」

「なにかわかったことがあれば、そのつど報告しておくれ」

「はい」

「この仕事のあいだは、ここを根城にしてくれてかまわないよ」

父と泊まった離れの部屋を使わせてもらうことになった。

四

午後は父の墓の前に行き、武器の手入れをした。

忍び刀。

苦無《くない》。

手裏剣。蛍は青蛾から教わった八方手裏剣ではなく、細い棒手裏剣を使うようになっている。

細い紐。

見えないくらいの糸。

何種類かの毒は紙の袋に入れている。

いまはこれだけ。ほかにも蛍独特の武器はあるが、こんなことになるとは予想していなかったので、家に置いて来てしまった。

もっとも、どれも手づくりである。手近なものでつくろうと思えば、またつくることができる。

青蛾と入船がもどってここに来るかと思ったが、夕方まで現われなかった。

夜は宗易の家にもどり、早々と床に就いた。

すぐ、眠りに落ちた。


蛍は夢を見ていた。

夢の中で父に背負われていた。広い背中で、両手を伸ばしても、父の肩をつかむことができないほどだった。

その背中で蛍は虫の話をしていた。蟻地獄の話だった。忍者も大きな蟻地獄をつくって戦えばいいのに、と言っていた。

父は明るい声で笑った。

蛍は母の悪口も言った。忍びの鍛錬が厳しすぎることも言った。すると父は母に対して激昂《げっこう》し、

「そんなことまでしたのか。あの女、ぶっ殺してやる!」

と、息まいた。

「そこまではしなくていいよ」

慌てて止めたところで目が覚めた。

枕元に置いていた茶碗の水を飲んだ。

本当に父の背中におんぶされたという記憶はない。もしかしたら、あの入船とい

う人が父を背負ってくれたのを見たため、こんな夢を見たのかもしれない。

だが、じっさい父は、幼かった蛍を、夢の中のように可愛がってくれたのだと思う。

——もっと話相手になってあげればよかった。

そう思うと、ひとしきり涙が流れた。

まだ真夜中の気配だった。

板戸は閉めず、障子だけ閉めていた。十七日目の月が空にあるらしく、障子は文字が読めるくらいに明るかった。

海風が吹いているので、それほど暑くはなかった。

眠れなくなった。

一刻（約二時間）ほど目を開けていたかもしれない。

そのうち、障子の外に妙な気配を感じた。

月は反対側に行ったらしく、障子に影は映らない。

最初、虫かと思った。だが、虫の気配より遥かに大きかった。

次に夜這《よば》いというやつかと思った。だとしたら、されるのは初めてだった。くだらないことはやめさせるつもりで、明かりをつけた。小さな火である。

障子の隙間から入ったのか、枕元にてんとう虫が来ていた。今日、富蔵の墓で見たてんとう虫と同じく、星の数は七つ。

「お墓から来たわけじゃないよね」

そうつぶやいたとき、声がした。

「ほ、た、る」

障子の外から名を呼ばれた。

「……………」

背筋が寒くなった。富蔵の声だった。

悪い夢を見ているのか。昼間、夢であってくれと願ったからか。

「蛍」

また呼んだ。悪ふざけはやめてよ。

枕元の武器をたもとや懐に入れ、立ち上がって、障子を開けた。ゆっくり開けた。

――お願い。誰もいないで。せめて、狸にして。狸ッ。

庭に富蔵が立っていた。

月明かりで顔も見えた。生彩《せいさい》はまったく欠けていた。

死人の顔だった。どことは言えないが、顔の肉が崩れている気がした。

「父さん？」

「ああ」

かすれた声で言った。

口を、死人が、利いた。

怖くて地面に降りられない。近づくこともできない。蛍は縁側に立って、庭の富蔵を見つめている。

嬉しさより、怖さがはるかにまさっている。

「嘘でしょ」

「心配かけたな」

富蔵は苦しそうに言った。

「父さんなの」

「ああ」

「よかった。あれ、死んだふりだったんだ」

「そうではない。おれは死んだ」

「そんな」

富蔵は数歩近づいて来た。

歩き方がおかしい。なんとなくぎくしゃくしている。

「苦しいの？」

「苦しいさ」

「横になって」

と言いつつ、なぜか手を伸ばせない。抱きしめることができない。

目は父を見ている。身体は拒絶している。

たとえ化けものになっても、娘は父に飛びつくべきだろう。それが娘の情というものだろう。そう思ってもできない。なんて人情味のない娘。自分を責める。それでも、目の前の父には触れられない。

「なぜ、横になる？」

と、富蔵が訊いた。

「手当てするから」

「だから、それは無駄だ。蛍」

「なに？」

「おれを殺せ」

「なに言ってるの？」

昨夜死んだのではなかったか。墓に埋めたのは別人なのか。

死に足りないなんてことがあるのか。そういうときは二度殺すのか。

それとも、死んだ父のふりをしているのか。これは、どこかの忍者の忍技なのか。

いろんなことを考える。

だが、わかるわけがない。

「お前が殺さないなら、おれが殺すぞ」

「えっ？」

富蔵が、くわっと口を開け、牙を剝くような顔をした。だが、牙などない。

――あたしを嚙みたいの？

と、蛍は思った。

つづいて、富蔵が大きく刀を振り回してきた。

四角い穴が四つ開いた鍔《つば》のかたちでわかった。それは富蔵といっしょに墓へ埋めた刀だった。

本気で振って来た。剣先が伸びて、あやうく蛍の腹をかすりそうになった。

蛍は横に飛んで庭に降りた。

「やめて」

「だったら、かかって来い」

「そんな」

どうしても父と戦う気になれない。

たとえ贋者《にせもの》の父でも。

幽霊の父でも。

五

すると、土塀の上から跳躍して、女が庭に舞い下りてきた。

忍び装束《しょうぞく》。背中に忍び刀。

青蛾だった。

「母さん」

「こいつ、驚いただろ」

「父さんじゃないの？」

「富蔵みたいだ」

「幽霊？」

「足、あるだろ」

怖いのに笑いたくなった。

「どうなってんの？」

「知るもんか。だが、やっつけるしかないよ」

母子の話に、富蔵の刀が割り込んでくる。

やたらと振り回すような剣だが、力がある。死人の力ではない。

「母さんはどこから来たの？」

逃げながら訊いた。

「あたしはこの町の宿に泊まっていたんだよ。すると、こいつが来たのさ。でも、あたしの顔を見ると、逃げるようにいなくなりやがった。よほどあたしが怖いのかね」

青蛾はふざけた口調で言った。

だが、青蛾だって怖いのだ。その恐怖に勝つため、青蛾はふざけてみたりするのだ。

富蔵の攻撃はしつこい。

青蛾が剣を抜き、峰打ちで叩く。さすがに斬りたくはないのだ。肩。腹。当たっている。だが、なんともないらしい。

「富蔵がこんなに強いわけないよ」

青蛾が呆れたように言った。

「だったら別人だというの？」

「そう思いたいけど、やっぱりこれは、富蔵の死にぞこないの化けものだ」

「ひどい」

「蛍。なんとかできないの？」

「わかったよ」

蛍の指から糸が飛んだ。細く白い絹糸。

富蔵の腕にからんだ。

それがつづけざまに何本も飛ぶ。

富蔵の動きが鈍くなる。

しかも、腕のあたりが白っぽくなった。

「なんだい、それは？」

「蜘蛛の糸を真似《まね》たんだよ」

途中から、富蔵に糸が巻き付くごとに、蛍の着物の袖や裾が短くなっていった。

糸は自分の着物から出ていたのだ。

袖がほぼなくなり、着物は膝上までになった。

富蔵の動きは鈍くなっている。

「あんた、裸になるまでやる気かい？」

「もう終わりにするよ」

もう少し太い、紐と呼んだほうがよさそうなものをからめた。

富蔵はまったく身動きができなくなり、そのまま横に倒れた。

六

母屋のほうから棒を持った男がやって来た。

千宗易だった。

「なにがあったんだい？」

恐る恐る蛍に訊いた。

「いや、あの……」

言い淀《よど》んだ。

「倒れているのは富蔵じゃないのかい？」

「はい」

「死んだんじゃないのかい？」

「お墓から出て来たみたいです」

「そんな馬鹿な」

宗易は怒ったように言った。

そこへ、塀の外で声がした。

「青蛾さん。どこだい？」

入船丈八郎の声である。

「ここです」

裏木戸を開けて、入船を中に入れた。宗易には、明智光秀さまの御家来だと告げた。

「青蛾さんが慌てたように出て行ったので、なにごとかと」

入船は火縄銃を手にしていた。だが、火縄に火はついていない。

「こいつが現われたの」

青蛾が倒れている富蔵を指差した。

富蔵は、細い糸でからまれながら、身動きはしている。まるで蛹《さなぎ》になったように。

「生きてたのか？」

入船が訊いた。

「そんなわけないでしょう」

青蛾が言った。

入船は気味悪そうにしながら、手を伸ばし、富蔵の腕に触って脈を取った。

「脈はないな」

「なんてこと」

蛍が両手で顔をおおった。

「死霊《しりよう》だな」

宗易がぽつりと言った。

「死霊？」

蛍が宗易を見て、訊いた。初めて聞いた言葉だった。嫌な響きの言葉だった。

「死んでもまだ、この世を動き回る者がいる。それが死霊というものさ」

宗易が言った。

「蛍、あんたには悪いが、この人はもう化けものだよ」

青蛾が蛍に言った。

「そんなんじゃないよ、母さん。これは病なんだよ。あの松永の茶のせいで、こんなおかしな病になったんだよ」

いまのところ、そう考えるのが、いちばん納得がいく。

「松永の茶のせい？」

と、入船丈八郎は首をかしげた。

「入船さまも飲んだのですよね」

蛍が訊いた。

「いや、わたしは飲んでいない。じつは、あるじの明智から松永の茶は飲むな、飲んだふりをしろと言われていた」

「そうだったの」

青蛾も驚いた。

「あのお茶、変な臭いがしてましたよね？」

蛍が訊いた。

「ああ。わたしは、あれは阿芙蓉《あふよう》の臭いではないかと思った。阿芙蓉もこんなふうに、人に錯乱をもたらすことがある」

「そうか、阿芙蓉か」

と、千宗易がうなずいた。

「不思議な話があるわ」

蛍が皆を見て言った。

「なんだい?」

青蛾が訊いた。

「昼間出会った南蛮人が、死んだ人が生き返りませんか? と訊いていたんです。それってもしかしたら?」

と、蛍は横たわった富蔵を見た。

「南蛮人? それはおそらく今井宗久のところに泊まっているレオ・コペルニクスという若者のことだろうな」

宗易が言った。

「ご存じでしたか?」

と、蛍は訊いた。

「わたしも会ったよ。どうも、そのようなことを調べたり、訊いて回ったりしているらしいな」

「南蛮ではあることなのでしょうか？」

「さあ、詳しく聞いてみないとわからんな」

「もう一つ、妙な話があります」

と、蛍は言った。

「なにかな」

「松永久秀が、筒井順慶《じゅんけい》さまのことを話していたのですが、順慶さまは即身成仏しようと思って失敗なさったとか」

「そうなのか」

「それから、半分生きて、半分死んでいるようになったのだと」

「ああ、そんなことを言ってたな」

と、入船が言い、青蛾もうなずいた。

「父はまだ本当に死んではいません」

「……」

皆は互いに顔を見かわすばかりである。

「これは治るはずです」

蛍はきっぱりと言った。

いや、ぜったいに治してみせる。

「……」

誰もなにも言わない。

無理だと思っているのだろう。

蛍は泣きそうになるのを耐え、

「なんとしても、松永久秀を問い詰め、あの茶の正体を聞き出します。母さん、そうするしかないでしょう」

と、青蛾を睨んだ。

「そりゃあ、このまま墓に埋めることはできないけど。でも、どうするの？　連れて歩くの、この人を？」

「それは……」

連れて歩くのは難しい。

「うちの納屋に空いているところがある。貸してあげよう。そっちに荷車があるだろう。それで運んでやりなさい」

と、千宗易が言った。

「ありがとうございます」

蛍は礼を言い、倒れている富蔵をゆっくり立たせた。

甦った富蔵に初めて触れた。富蔵の身体が動くのが、蛍の手のひらに伝わってくる。

生と死の狭間で彷徨《さまよ》っているのだ。なんとか、生の側に引き寄せてやりたい。

富蔵を荷車に乗せ、裏木戸から出て行こうとする蛍に、

「そういえば、松永の茶室のことをまだ聞いてなかったな」

と、宗易は言った。

「茶室は物見の櫓の上にありました」

「なんと」

「部屋は四畳半。周りは板壁で蔽われ、一カ所だけ窓が開くところはありましたが、あとはいっさい、外を見ることはできません。ちょうど石山本願寺の兵が押し寄せて来ていましたが」

「戦の音だけが聞こえているのか？」

「はい。ただし、天井がありませんでした」

「天井がないだって」

「四角に区切られた中に、星空だけが見えました」

千宗易は目をつむり、茶室のようすを思い描いたらしい。

すると、愕然として言った。

「高楼の茶室……星空だけが見えている……そして、下に夜討ちの戦闘の音を聞く……やはりあの男は天才だ！」

第五章　南蛮の知

一

蛍《ほたる》は富蔵《とみぞう》を納屋に入れ、横にした。

飯を食べさせようとしたが、食欲はないらしい。嫌そうに顔をそむけた。

そのうち、夜が明けた。

蛍たちはまず、今井宗久《いまいそうきゅう》の家に泊まっているという南蛮人レオ・コペルニクスを訪ねることにした。

宗易《そうえき》もいっしょに行くかと思ったが、

「わたしは遠慮する」

と、母屋のほうへもどってしまった。

宗易がいないと、今井宗久の家を訪ねる理由がない。

「それはわたしが引き受けよう」

と、入船《いりふね》が言った。

親切な口調である。この人はなにが目的でここにいるのだろう。

ふつうなら、こんなおぞましい事態に巻き込まれるのはご免だとばかり、逃げ出してしまってもよさそうである。

まさか、大江山の酒呑童子《しゅてんどうじ》を退治した源頼光《みなもとのよりみつ》みたいに、化けもの退治で名を上げようとでもいうのか。

だが、武張ったところはまったく窺えない、不思議な人柄なのだ。

「入船さまが？」

「あるじ明智光秀《あけちみつひで》の命で、南蛮語を学んでいるが、本物の南蛮人とぜひ話をさせてもらいたいと申し出よう」

「本当なんですか？」

と、蛍が訊いた。

「本当だよ。ただ、一口に南蛮語と言っても、いろんな言葉があるんだ。それがごっちゃになってしまうので、なかなか一つの言葉に精通《せいつう》できないでいる」

立派な理由が見つかったので、三人は堺でも宗易の家とは反対の方角にある今井宗久の家に向かった。

「宗易さまは、なんとなく今井宗久に対して思うところがあるみたいでしたね」

と、歩きながら青蛾《せいが》が言った。

「それはそうだろう。茶の湯では宗易のほうが一歩先に行った感があるが、商人としては今井宗久のほうが、はるかに力がある。会合衆のなかでも、財力は抜きん出ているだろうな」

「そうなのですね」

と、蛍は入船の言葉に納得した。

じっさい宗久の家は、宗易の家とは比べものにならないほど大きかった。門のところには、今井の私兵らしき男たちが立ち、中に入る者に用件や身分を聞いていた。

入船が明智光秀の名を出して中に入ったが、あいにくいまは今井宗久もコペルニクスもおらず、番頭が出て来て、

「南蛮人は、旅立ってしまいました」

と、言った。

「どこへ？」

「なんとかというバテレンを捜しているらしいですな」

「バテレン？」

「キリシタンの坊さんのことです」

「そうか。ぜひ、会って、いろいろ訊きたかったのだが」

「それは残念でしたな」

「コペルニクスって人が、奇妙な話をしていたらしいのですが？」

と、蛍が訊いた。死んだ人が生き返るという言葉は避けた。いきなり、口を閉ざされそうな気がした。

「そう、それはしていたんですよ」

「どんな話なのです？」

「日本に来る途中で、おかしな連中と船がいっしょになったらしいのです。おそらく知らずに海賊の船にでも乗ってしまったのでしょう」

「コペルニクスは、言葉は通じるのか？」

入船が訊いた。

「通じます。この国に来て、もう六年ほど経っていますから、流暢《りゅうちょう》なものでした。それであの若者が言うには、その船の上で生まれた奇《き》っ怪《かい》で危険なものが、この国に入り込んでしまったというのです」

「なんですか、それは？」

「よくわからないのです。たぶん、当人もわかっていないみたいです。ただ、死人が甦《よみがえ》るらしいとは言ってました。あたしたちもぞっとしたのですが」

「死人が甦る……」

　三人は顔を見合わせた。

　やはり、富蔵に起きたことは、じっさいにあるのだ。

「それは魂みたいなものかと訊くと、そうではないのだそうです。要は、死人が妄《もう》執《しゅう》で動くようになるらしいですな」

「妄執で？」

　富蔵にそれほどの妄執があっただろうか。

「ただ、自分が来る前から、この国にはすでに怪しいものが入り込んでいたと。キリシタンは、神といっしょに悪魔までもたらしてしまったのだと」

「悪魔……それが甦った死人のことなのですか？」

　と、蛍は訊いた。

「そこらは、コペルニクスもわかっていないようです。なにかひどく焦っていましてね。われわれにも、おかしな噂が入ったら、ぜひ報せてくれと言われました」

「そうですか」

「でも、コペルニクスは、わが国の鉄砲の数には驚いていましたよ」

「鉄砲？　あれは南蛮から来たものではないか」

　と、入船が言った。

「そうなんですが、南蛮にはあれほど大量に保有している国はないらしいです」

「そうなのか」

それから入船は、店先にある丸いものを指差し、

「あれは地球儀だろう？」

と、訊いた。

「そうです。コペルニクスが椀を二つ合わせてつくったものです」

「なるほど」

と、手に持たせてもらい、

「蛍。これがわが国だ」

細長い島みたいなところを指差した。

「これが？　この丸いのが地球で、この小さなところが？　甲斐《かい》も越後《えちご》も、播磨《はりま》も四国もぜんぶこの細長い中にあるのですか？」

「そうさ。驚くだろう」

「地球って、丸いのに落ちないのですか？」

と、青蛾が訊いた。

「それは、上とか下とかを考えるから、落ちるように感じるが、上も下もないらしいよ。この宇宙には」

「宇宙?」

この前、茶会のとき松永久秀《まつながひさひで》も口にしていた言葉である。あのときは訊き返すことができる雰囲気ではなかった。

蛍が首をかしげると、

「星空全体を眺めるとわかるが、おてんとうさまや月、星など、すべてを含んだ広大無辺な世界のことさ。唐土《もろこし》では古くから使われた言葉で、わが国でも太平記《たいへいき》などの書物に出てくるよ」

と、入船は言った。

「コペルニクスの父親は、南蛮の偉い天文学者だったらしいです。そして、とんでもないことを発見したそうですよ」

番頭が言った。

「とんでもないこと?」

「ええ。南蛮でこれを言うと、咎《とが》められ、牢屋に入れられかねないが、日本では大丈夫なんだそうです。それは、夜空の星や月が動いていますね」

「ああ。おてんとうさまや月は東から昇って西に沈むし、星は星で北極星を中心にぐるっと回ってるよ」

入船が言った。

「あれは、星やおてんとうさまや月が動いているのではなく、こっちが動いているんだそうです」

「こっち？」

「この地球がです」

「ほう」

入船はしばし呆然としたが、

「レオ・コペルニクスというのは、どんな人だった？」

と、訊いた。

「あれはいい若者でしたよ。熱心に天文のことを勉強していました。もともと迫害の厳しい南蛮を離れ、極東のこの地で心ゆくまで学問をしようとやって来たみたいです」

「ほう」

「ただ、真面目だし、船で見た光景がよほど衝撃的だったようで、苦悩が深すぎるのでしょうな。ちょっと奇異な感じはしますが、根は善良な若者だと思いました」

「残念だったな」

二

入船丈八郎《じょうはちろう》は外に出て、歩きながら言った。

「はい。でも、捜したいと思います」

蛍はなんとしても捜すつもりである。そのコペルニクスの言ったことは、明らかに父と関わりがある。

「あんたには、この方のことをくわしく教えていなかったね」

青蛾が蛍に言った。

「うん」

「入船さまは、忍びの者ではないよ。ちゃんとした明智光秀さまの家臣なんだ」

「ちゃんとした家臣か」

と、入船は苦笑した。

「元は御所《ごしょ》のお侍だったんでしょ？」

「そう。それで暦《こよみ》の研究などをしていたが、南蛮の知識もあるというので、明智さまに引き抜かれた」

「だから、もともと学問をやる人なのさ」

「そうなんですか」

蛍は感心した。そういうお侍もいるとは知らなかった。

「剣や槍は駄目ですよね？」

青蛾は遠慮のないことを言った。

「ああ、武士のくせにそっちはさっぱりだ」

恥ずかしそうでもなく入船は言った。

刀は脇差しか差していない。そのかわり、背中に筒を背負っている。

「でも、武器は使えますよね」

「あ、鉄砲ですね？」

蛍が訊いた。

「まあね。鉄砲も使えるし、火薬を武器にもできる」

「火薬……」

その凄さは、富蔵からも聞いたことがある。

「凄いよ。入船さまの火薬は。やろうと思ったら、お城だってまるごと吹き飛ばすことができるらしいよ」

青蛾がそう言うと、

「いやいや、そこまでは無理だよ」

と、入船は笑った。

「ところで、入船さまは、おいくつでした？」

「二十七になった」

すると青蛾は、見比べるように蛍を見た。

どういうつもりなのかはわからない。

ただ、蛍は自分の頬が赤らむのがわかった。

――なんで照れなくちゃならないんだろう。

たぶん、母の図々しい物言いが恥ずかしいのだと思った。

「蛍は変わってましてね。子どものときから虫が大好きなんです」

「虫が？」

「蜘蛛だの、毛虫だの、蝿だのが」

わざと見映えの悪い虫を並べた。なんて意地悪なんだろう。

「いや、それは素晴らしい」

と、入船は言った。

「なにが素晴らしいんです？」

青蛾は呆れたように訊いた。

「虫愛《むしめ》づる姫君のことを知ってるか？」

「いいえ」

青蛾といっしょに蛍も首を横に振った。

「昔の書物だが、『堤中納言《つつみちゅうなごん》物語』というものがあって、そのなかの一編なんだ。

変わった姫君がいて、大人になってからも化粧っけはまったくなく、毛虫が大好きでな。召使いなどに取って来させては、それをじいっと眺めるのが楽しみなんだ」

「姫さまなのに？」

と、青蛾が訊いた。

まるで虫なんか好きなのは、下賤な者だけみたいな言い方である。

「だが、そういう変わった姫に興味を持つ男もいる。どんな姫かとのぞいて見ると、じつは化粧っけがないだけで、素顔は爽やかな、なかなかの美貌なんだ」

「まあ」

青蛾は美貌というところが気に入らなかったらしい。

「それで、若殿らしき男が姫を見ていたが、毛虫なんか可愛がっているのを見られて恥ずかしいと、屋敷の女房たちは騒ぐんだ。だが、姫君はそんなことも気にしない。そのとき、こういうことを言うのさ。恥ずかしいなんてことはなにもないのです。どうせ人は、夢まぼろしのようなこの世に、いつまでもとどまっていることはできないのです。そんな人生だというのに、これはいい、あれは悪いと決めつけるなんて、つまらないことでしょうよ——とな」

「そうなんですか」

蛍が感激して言った。

自分は姫さまなどではないが、そんなふうに思う気持ちはまったく同じだった。世の中の人は、あっという間に過ぎていく世の中で、ほんとにどうでもいいことばかり気にして生きている。

虫のほうがよほど、真摯《しんし》に一生懸命生きている。

「それに、古事記や日本書紀という古い書物によれば、この国はもともと秋津島《あきつしま》と呼ばれていた。神武《じんむ》天皇が大和の山の上から国を見下ろすと、秋津、すなわちとんぼのように見えたからだというのさ」

「とんぼの島なんですか」

蛍は目を輝かせた。

「そう。それくらいだから、虫が好きっていうのは、この国が好きってことにもなるじゃないか。まあ、それはちょっと言いすぎかもしれないがな」

と、入船は笑った。

だが、蛍は嬉しかった。子どものころから自分が好きだったことを、初めて認められた気がした。

「あ、そうだ。蛍にいいものを見せてやろうか」

と、入船はいつも持ち歩いている皮の袋を探った。

そこから丁寧に紙に包まれたものを取り出して、開いて見せた。

「これは知ってるかい？」

透明な真ん丸い石である。

「水晶を磨いたのですか？」

「いや、違う。ギヤマンと言って、砂を熱してつくるものなんだが、これをわたしがつくった木の枠に嵌《は》めるのさ」

取っ手のついた丸い木の枠である。

「それで、そうだな」

と、しゃがみ込み、草むらにいた飛蝗《ばった》に近づけた。

「こうやって見てごらん」

「凄い」

飛蝗が何倍にも巨大に見えた。顔や手もはっきり、よく見える。

「しかも、同じものをもう一つ持っているのだが、この二つをこんなふうにあいだを測りながら、重ねて眺めてみな」

「ええっ」

虫がさっきよりさらに拡大された。

「飛蝗の目はこんなふうなの。足はこんなにギザギザ」

「よくわかるだろう。わたしは、これで虫を見ることはあまりしないが、岩の割れ目などを眺めているのさ」

「へえ」

ほんとに面白い。

これで一日中、虫を眺めていたら、どんなに楽しいことだろう。

三

ひとしきり虫を眺めていた蛍に、

「コペルニクスは捜すにしても、まずは松永の茶の秘密も探らなければならないだろ」

もういいだろうというように、青蛾は言った。

「うん」

「あたしも手伝うよ」

「でも、母さんも仕事があって来ているんじゃないの？」

「あたしはもともと、松永久秀の本意を探るために来たのさ」

「そうだったの」

「それに、富蔵はあたしの夫だよ。あの人にとっては、ひどい女房だったろうがね」

「……」

それは父に訊いてみないとわからない。

だが、いまのあの父に、そういう話ができるのだろうか。

「蛍も、もう一度、あの茶会に入り込みたいだろうけど、それは無理だね」

「そうだね」

「あたしと入船さまで、また茶会をしてもらうよ」

青蛾は入船をちらりと見て言った。

「入船さまも、松永を探るために来たのですか？」

と、蛍は訊いた。

「よくわからないのだ、そこは」

「わからないって」

「挨拶がてら、青蛾さんと行くように言われたのだが、明智さまという人がまた、なにを考えているかわからないところがある。だが、これまでのことを考えると、やはりわたしに探らせようとしたのだろうな」

「そうなのですね」

「蛍。あんたはどうする？」

「わたしは、筒井《つつい》さまの使いがほんとになんともないのか気になるので、そっちを探ってみるよ」

「じゃあ、夕方にでも、また、ここで会おうか」

そう言って、青蛾と入船丈八郎は天王寺砦に向かった。

蛍は、東側から迂回するように、旧四天王寺のほうへ歩いた。

砦が近づくにつれ、一昨日から昨日にかけての戦の凄まじさが見えてきた。

石山本願寺の軍勢は、天王寺砦を左右から取り囲むように攻め立てたらしい。

だが、迎え撃たれて、相当な死者を出したのだ。

休戦の話し合いがされたらしく、死体を引き取る者たちが出て来て、荷車に乗せては石山本願寺に連れ帰っている。

蛍はしばらくそのようすを見つめた。

——動き出す遺体がいるのではないか。

と、思ったのだ。

だが、そんな遺体は見当たらなかった。まれに動き出すのは、本当の怪我人だった。

砦の入り口近くに来ると、筒井順慶《じゅんけい》の使者が帰って行くところだった。

馬にまたがり、二人の家来を連れて動き出したところに、

「一昨日の晩、ごいっしょした者です」

と、蛍は近づいて挨拶した。

「おお、千《せん》宗易さまのところから来ていた娘だな」

「はい」

「連れの者はどうした？」

筒井の使者は富蔵のことを訊いた。

いきなり繰り広げられた騒動に、この男は啞然としていたが、松永が茶会の終了を告げると、さっさといなくなっていた。

「ひどい怪我ですが、なんとか命は取り留めそうです」

そういうことにしておいたほうが、蛍がここにいても不自然ではないだろう。

まさか死んで生き返ったとは言えない。

「そうか。それはよかった」

「お帰りですか？」

「うむ。あの騒ぎや敵の襲来でろくに話もできなかった」

「お使者さまも、あのとき茶をお飲みになりましたが、その後、ご気分が悪いとかは？」

「いや、とくにはないな」

顔色を見る。気分が悪そうである。ほんとになんともないのだろうか。右腕の肘のところが怪我でもしたらしく、膿んで血もにじんでいるのが見えた。

「松永さまは、筒井さまの奇妙な噂をなさっておいでてでしたね」

「む。即身成仏なさろうとしたのは事実だが、ご自分でお止めになったのだ。それをあのようにしくじったみたいに吹聴《ふいちょう》するとは、じつに無礼な男だ。まったく、ああしたこともすべて、順慶さまにご報告するつもりだ」

使者はそう言って、馬の腹を蹴った。

四

夕方――。

蛍が先に戻ると、まもなく青蛾と入船もやって来た。

「どうだった？」

蛍が青蛾に訊いた。

「ああ、軍議で忙しかったけど、いまさっき茶会をしてもらったよ」

「あの櫓の上で？」

「そう。今日は、あたしと入船さまと二人だけさ」

「茶はどうだった？」

「この前とは臭いが違ったね」

「そうなの」

臭いの正体もよくわからない。

「だが、阿芙蓉が入っているのは間違いないな」

と、入船丈八郎は言った。

「阿芙蓉ねえ」

青蛾がうなずいた。

「ケシの実から取る薬のことですか?」

蛍も知っていた。自分の技に取り入れようと思ってもいた。同じような作用をするのに麻もある。こっちは阿芙蓉ほど強い作用はないが、忍びの技には使いやすい。

「南蛮人がもたらしたのですか?」

青蛾が訊いた。

「いや、阿芙蓉はもっと前に明からもたらされていた。ただ、松永久秀の周囲には、南蛮の影がちらついているのも確かだ」

「あの茶を盗んできますか?」

青蛾は軽い調子で言った。

「盗む？　それは難しそうだな」

と、入船は言った。

「それがそうでもないんです。あたしはこれからもう一度、松永久秀と会いますので」

「え？」

「さっき、帰りぎわ、そっとこんなものを渡されたんですよ」

と、青蛾は紙切れを見せた。

それには、こう書いてあった。

今宵　二人だけの茶会を

五

まさに二人だけだった。

護衛の影山《かげやま》もいなかった。

高楼の茶室ではなく、陣の隅につくられた茶室だった。にわかづくりなのだろうが、それにしては風雅《ふうが》な佇まいだった。

狭いから組み立てるようにして、かんたんにできるのかもしれなかった。

わずか一畳。

ここに松永久秀と、青蛾が膝を突き合わせるように座っていた。

「こんな狭い茶室は宗易もつくるまい」

「そうなのですか？」

「あいつは茶室に男女の秘めごとを持ち込むなど、以《もっ》てのほかと思っている。そこがまた、あいつの偏狭《へんきょう》なところなのだ」

「偏狭ですか」

「それはそうさ。どうだい、こうして男女が茶を楽しむ秘めやかな雰囲気は」

「いいものですね」

青蛾は艶然《えんぜん》と微笑んだ。

茶道具も高楼の茶室のときとはずいぶん違っていた。

道具の一つずつにきれいな色があり、どこかなまめかしいのである。

「宗易が信長《のぶなが》さまの茶頭を務めるとはな」

「よほど千宗易をお嫌いのようですね」

「ああ。大嫌いだよ。わしは、勿体ぶったもの。善良ぶったもの。そういうまやかしが大嫌いなのさ」

「松永さまは悪人だ、という評判ですからね」

「ああ。悪人と呼んでくれてけっこうだよ」

「でも、ある女が」

と、青蛾が言った。蛍のことだが名は出さない。

「松永さまは、面白い親類のおじさんのようだと」

「そんなふうに言ったか？」

「はい。鋭いのかも」

「そうなれたら、わしも幸せだっただろうな」

「なれたら？」

「もう、なれぬ」

「そうでしょうか」

「もう、わしはただの人間ではない」

奇妙なことを言った。

「最後の恋がしたい」

「お目当てでもおられるのですか？」

「とぼけるでない。わしは、青蛾に恋焦がれておる」

松永は点て終えた茶碗を持つと、青蛾の手を取り、じかに摑ませた。むろん、指と指も合わさる。

松永の指がひどく冷たい。まるで血が通っていないようである。

「あたしは、夫のいる身」

そう言って、茶を含んだ。

これも味が違う。飲まずにさりげなく吐き出す。

「それがどうした。そなただって、夫が最良の男とは思っておるまい」

「そのようなこと」

「いいから、ちこう寄れ」

手を取って、強く引いた。六十八とは思えない力である。

「あ」

茶がこぼれた。じつは、わざとこぼした。

「よいよい」

「そんな」

青蛾は自分の身体が火照っているのに気づいた。

茶は飲んでいない。

だが、身体は奇妙に反応している。自然な反応ではない。

――しまった。

湯を沸かす炭になにか入れられたのだ。

胸元に松永の手が入った。嫌らしく指が動き、ふくらみを取り出した。

「ほう、子を産んだ乳だな」

「……」

「豊かな胸だ」

顔を寄せ、突き出たところを口にふくんだ。したいようにさせる。

「それはやめて……」

快感にのけぞるふりをしながら、あの茶壺を探す。富蔵に飲ませた茶が入っている茶壺。

「かわいいくノ一よのう」

松永はさらりと言った。

「くノ一ですって」

青蛾が目を瞠った。

いつ、それを知ったのか。

六

蛍は心配そうに陣の隅につくられた茶室を見ていた。

母はいま、二人きりであの中にいる。

くノ一の仕事。

蛍は聞いたことがある。

男をとろかす秘技。

それで男はなにもかも話してしまう。秘密の一切合財を摑み、翌朝、くノ一は遁走する。そういう嫌な仕事。

いま、それを母がしているのだろう。

わきで入船丈八郎も気まずそうにしている。

「松永がこっちにいるあいだに、信貴山城を探ってもいいかもしれないな」

「そうですね」

たしかにそれはいいかもしれない。

母さんの仕事が済んだら。

と、そのとき。

闇の中を、虫が飛びかい始めた。

蟬が、甲虫が、蛾も、東から西へ宙を横切って行く。

虫がいっせいに居場所を変えて移動することはある。蝗《いなご》が雲のようになって、空を飛ぶのを見たこともある。蝶々のなかにも大群になって移動する種類がある。

だが、こんなふうにいろんな種類の虫がいっしょになって動くのは知らない。

なにか、とんでもない天変地異が起きるのだろうか。

「なんだ、蛍。これは？」

顔を覆うようにしながら入船が訊いた。

「わかりません。でも、逃げて来ているみたいです」

「虫が逃げる？」

「ええ」

本当になんなのだろう。こんな光景を見るのは初めてだった。

だが、蛍はさらに意外な光景を見た。

「え？」

地面である。逃げる虫がいる一方で、東に向かう虫もいる。

南蛮黒虫だった。ほかの虫たちが西へ逃げるのに、南蛮黒虫の群れだけが東へ向かっていた。

「南蛮黒虫が好きなもの？」

やがて、声がしてきた。

「信長さまだ！　陣中見舞いに見えられたぞ！」

織田《おだ》信長がやって来たのだ。

その声に、小さな茶室から松永久秀が飛び出して来た。

まもなく、青蛾も出て来た。

青蛾は、着物の乱れを直しながら、落ち着いたようすで周囲を見た。いかにもふてぶてしい感じがする。

かすかな嫌悪感が走ったが、蛍はさりげなく近づいて、

「母さん。信長さまが来たって」

と、言った。

「ああ。蛍。あんたは隠れて見てな。信長さまには顔を知られないほうがいい」

「わかった。母さんは？」

「あたしはしらばっくれるわけにはいかないよ」

青蛾と入船丈八郎は、道のわきに寄り、信長を待ち構えた。

蛍は後方に下がり、足軽や、この城にもいる飯炊き女に混じってひざまずいた。

信長が現われた。

夜目にもわかる真っ赤なマントをはおっていた。それが風になびくさまは、どこか遠い異国の王者のようだった。

「松永久秀はいるか！」

信長の甲高い声が響いた。

「ここに、ここに！」

松永久秀が、腰をかがめ、這いつくばるようにして、信長の馬の前にひざまずいた。

「石山本願寺、まだ落とせぬのか」

「ははっ」

「一昨日の晩、せっかく本願寺勢が討って出てきたのに、攻められる一方だったというではないか」

「ううっ」

「きさま、どこで戦った？」

「わたくしめは、あの物見櫓の上で」

「爺い。皺首《しわくび》を惜しんだか？」

「いえ、そのようなことは」

「惜しんだから、そのような高見の見物を決め込んだのであろうが」

「いえ、わたくしも矢を打ち込みまして」

「先頭に出よ」

信長は冷たく言った。

「は」

「大将自らが先頭で攻め立てる気概を見せぬから、本願寺勢に攻められ、この砦すら危ぶまれたというではないか」

「………」

「その腐《くさ》れなまずのような面」

「ううっ」

「だいたいが、なぜ、筒井順慶に援軍を願わぬのだ」

「それは……」

「命を惜しむな。どうせ先は短い爺いだ」

口汚くののしった。

松永は耐えていた。

ふと、南蛮黒虫が見えた。そのようすに、蛍はすこし背筋が寒くなった。

さっき駆けてきたくせに、信長のすぐ近くまではいかない。その四、五間（約七・二～九メートル）ほど手前で動きを止めている。

まるで、南蛮黒虫の群れがここの兵士たちのように、信長を畏《おそ》れ敬《うやま》っているかのようだった。

第六章　死戯山城

一

信貴山城《しぎさんじょう》は、大和国と河内国《かわちのくに》の国境にある。

古来、霊験《れいげん》あらたかな山とされる。なにせ、聖徳太子《しょうとくたいし》が物部守屋《もののべのもりや》を攻めたときに、この山に毘沙門天《びしゃもんてん》が現われ、

「信ずべし、貴ぶべし」

と言ったことから、〈信貴山〉と名づけられたという。

さほど高くはないが、深い緑に包まれたその信貴山の頂上に、天守閣が見えている。

その上に青空が広がり、夏雲がくっきりとした姿で悠々と流れている。

凜。

とした佇まいである。

清冽。

と言ってもいい。

見上げていた蛍《ほたる》、青蛾《せいが》、入船丈八郎《いりふねじょうはちろう》たちの表情に苦笑が現われた。

「なんだい、あれは」

青蛾が言った。

「とてもあの松永久秀《まつながひさひで》の城とは思えないね」

と、蛍もうなずいて言った。

「人も城も、見た目ではわからないということだな」

入船丈八郎がもっともらしく言った。

「けれど、高楼の茶室といい、わずか一畳の茶室といい、松永さえいなかったら、素晴らしく居心地のいい部屋なんですよ」

と、青蛾は言った。

「一畳の茶室のほうは知らないが、櫓の上の茶室はよかったな。松永は下から聞こえる戦の喧騒《けんそう》もいいみたいに言っていたが、あれで静かだったら、わたしは自分の部屋にしたいくらいだ」

「一畳の茶室もそうですよ。どことなくなまめかしいんだけど、派手じゃないんです。芝居じゃなくても、自然と色気がにじみ出てしまう感じ」

青蛾がそう言うと、

「やあね」

蛍は思い切り顔をしかめた。母の色っぽい姿など、想像したくない。

「さあ、どうやって潜入《せんにゅう》しようかね」

「わたしと母さんはどうやってもできるけど」

入船を見た。

忍びの者でもない男が、城に潜入するなどということは、ぜったいに無理である。ましてこの城はおそらくふつうの城ではない。この爽やかな佇まいが、逆にそう思わせるのだ。

「わたしも山登りはできるぞ」

「山登りねえ」

青蛾はそう言って、入船の身体を上から下まで見た。

たしかに入船は痩せてはいるが、上背はあるし、ひよわな感じはしない。岩を調べるのにしょっちゅう山歩きをするというから、身体は鍛えているのかもしれない。

「どこかで綱を垂らしてあげればいいですかね」

「それで大丈夫だ」

「でも、とりあえず、一度、調べてからですね」

「城の見取り図はあるぞ」

と、入船が言った。

「え、嘘？」

「嘘ではない。ほら」

いろいろ入った例の皮の袋から、折り畳んだ紙を出して広げた。

「ほんとだ」

「凄い」

青蛾と蛍は思わず声を上げた。

三の丸から二の丸、そして本丸と天守閣が真上から見たように描かれている。

これを見ながら、じっさいの光景を見れば、大まかな城のつくりはわかる。

「こんなもの、どうやって手に入れたのですか？」

青蛾が訊いた。

「手に入れたのではない。使者が見たものを聞き出し、何人かの話を総合してつくったのさ」

「つくったって、入船さまが？」

「そうさ。武芸もろくろくできぬ男が、なぜ明智《あけち》さまに雇われている？　これくらいの働きをせぬとまずいだろう」

入船は、暢気《のんき》な調子で言った。

二

夜になって、青蛾と蛍は潜入を開始した。

忍び装束を着込んでいる。着物は、闇に溶けやすいようにいったん赤で染め、そのうえに墨で染めた。これに、同じ染め方をした野袴《のばかま》を穿いている。青蛾と違うのは、蛍がごわごわした感じの羽織を着ているくらいだった。

武器は余計な音を立てないよう、すべて軽く、小さめにつくってある。

「じゃあ、行くよ」

「うん」

蛍がうなずいたとき、目の前をひらひらと二匹の蛾が飛んだ。

——縁起がいいね。

内心、蛍は微笑んだ。

もちろん蛍は蛾も好きである。

世の中には、蝶々は好きだけど、蛾は大嫌いという人は多い。

だが、蛍が見るに、蝶々も蛾もそんなに変わりはない。なぜ、それほどはっきりと差別するのだろうと、不思議な気がする。

よく、蛾は夜飛ぶけど、蝶々は昼間に飛ぶと言う人がいるが、蛾だって昼間も飛んでいるし、夜飛ぶ蝶々もいる。たしかに、蛾は夜動き回ることは多いが、ぜったいそうだと言い切れるほどではないのだ。

母の名である青蛾は、唐土《もろこし》の言葉で美人を意味するらしいが、たぶん唐土の人は蝶々の意味で、蛾と呼んでいるのではないか。

——いっしょに行こう。

蛍は胸のうちで蛾たちに呼びかけた。

三の丸の塀はたやすく越えた。

見張りはいるが遠い。それでも月明かりにさらされるのを避け、青蛾と蛍は塀の軒下沿いに進んだ。

二の丸へは、鉤を引っかけ、綱を伝って入った。

屋根の上からいったんようすを窺う。

「ほとんど人けがないね」

と、蛍は言った。

「ああ。天王寺砦のほうに出払っているんだろう」

「でも、こんなに人を少なくするかな」

「あ、あそこにいる」

青蛾が指差した。

二十間（約三六メートル）ほど先に、鎧を着た五人ほどの兵士が、城壁に背中をもたれさせて座っている。

蛍はじっと見た。

五人とも動かない。

「変だよ、母さん」

「なにが？」

「あいつら、ぴくりともしない」

「寝てるんだろう？」

「違う。死んでるんだよ」

「え？」

二人はそっと近づいた。

手前の兵士に小石を拾ってぶつけた。

顔に当たったのに、まるで反応がない。

「ほんとだ」

近づいて確かめた。

五人とも死んでいた。死に方はさまざまだったらしい。首を斬られている者もいれば、額に鉄砲弾の穴が開いている者もいた。

「まさか、動き出すわけじゃないだろうね？」

「わかんないよ」

ここではなにが起きても不思議はない気がする。

「死人眺めていてもしょうがない。行くよ」

青蛾が進んで行く。ときには四つん這いで、猫のように屋根を渡って行く。こうすることで、足を滑らせることもないし、物音も立てない。

そのあとを進みながら、蛍はつくづく思った。

幼いころから青蛾にほどこされた訓練が、すべて生きているのだ。

当時は、なぜこんなことをしなくちゃならないのと思っていた。だが、まさに実戦向けの訓練だったのだ。

「あんた、会って来たんだろう？」

ふいに青蛾が振り返って訊いた。

「え？」

「父さんとだよ」

「うん」

この城下に来る前、それぞれが準備のため、別々の行動を取った。蛍はとくに準備もなかったので、堺にもどって父のようすを見て来たのだ。

一日二回、食事を持って行ってもらうことにはしておいたが、ほとんど食べない。それでもほんのすこし、一口分くらいは食べているようだった。

富蔵はふさいでいた。

「おれがおれでなくなっていくのが怖い」

と言っていた。

「なぜ、こんなことに？」

蛍が訊くと、

「あの茶を飲んだせいだろうな」

そう答えた。

「でも、筒井《つつい》家の家臣も飲んだよ」

「そいつはなんともないのか？」

「うん」

「わからねえ。ということは、茶のせいではないのか」

富蔵は頭を掻きむしって考えはじめた。そのつど、髪の毛が恐ろしいくらい抜けるので、思わず、

「考えなくていいよ！」

と、止めたのだった……。

「父さん、苦しんでたよ」

蛍は青蛾に言った。

「だろうね」

青蛾はうなずいて、すこしだけつらそうな顔をした。

二の丸を抜け、本丸へ入った。


そのころ——。

入船丈八郎は、城下の宿で待機している。

蒸している。

もともと寝るつもりはないが、暑いので宿の前に縁台を出し、腰をかけて団扇《うちわ》を使っていた。

城にはいくつか明かりがある。篝火《かがりび》を焚いているのだろう。

それに異常はないか、じっと眺めた。

あそこをいま、青蛾と蛍という二人のくノ一が、着々と天守閣に近づいているのだろう。傍目《はため》にはあまり仲のよくない母娘。だが、よく似ている気がする。娘のほうはまだ幼さが残るが、あと二、三年もしたらたいした美人になるのではないか。

――ん？

河内のほうから荷車がやって来た。

――こんな夜中に？

怪訝《けげん》に思って、じいっと見つめた。

荷車の数は多い。五台つづいた。

なにを運んで来たのか。荷物には筵《むしろ》がかぶされていたが、最後の荷車からは足が見えていた。

――なんてこった。

驚いていると、宿のあるじがまだ起きていたらしく、外に出て来たので、

「いま、お城に兵士の死体を運んで行ったぞ」

と、声をかけた。

「ああ、はい」

驚きもしない。

「よくあるのか？」

「松永さまは、天王寺砦の戦で死んだ兵士たちを、わざわざこの城まで乗せて来て、丁重に葬ってやるのです」

「ほう」

「立派なものですよ」

あるじはそう言って、自慢げに天守閣のほうを見た。

すると、そのすぐあと、河内のほうから大きな馬群の轟《とどろ》きが聞こえてきた。

三

青蛾と蛍は、天守閣へ辿り着いていた。

さすがに本丸では、生きている兵士たちが警戒していた。

それで建物の中は通らず、屋根づたいに抜け、四層ある天守閣の頂上まで来た。

ここも中には入らず、鉤縄《かぎなわ》を使いながら登った。

「着いたね」

「うん」

そう高い山ではないが、東に大和、西に河内を一望できる。

天守閣も眺めを堪能《たんのう》できるつくりになっていて、屋根から中へと入り込むことができた。

「へえ」

「凄いね」

二人は感心した。

月が斜めに差し込み、明かりをつけなくてもよく見えた。

天守閣の頂上は茶室になっていた。

広さはほぼ四畳半。階段がにじり口になっている。

飾り棚が置かれ、茶道具が並べられている。

たぶんそれらはどれも、名品と呼ばれるものなのだろう。

青蛾も同じことを感じたらしい。

「あたしは茶のことはそんなにわからない。だが、いま、茶道具の目利《めき》きとして、千宗易《せんそうえき》さまがいちばんと言われているんだ」

「そうなの？」

「宗易さまがこれはいいと認めれば、たちまち第一級の品となり、値もはね上がる。名品とされるものには、数百両なんて値がつけられる。南蛮には、錬金術というものがあるらしいが、それでいえば、まさに宗易さまが錬金術師だ。でも……」

青蛾はもう一度、部屋全体を眺めた。

「なに？」

「松永久秀の目利きぶりは、凄いと思う。宗易さまとは違うけれど、もっとけた外れの、大きなものを感じる」

「ふうん」

「この茶室は、なにを意図しているんだろう」

窓から蛾が入って来て、ひらひらと反対側の窓から出て行った。さっき下で見た蛾とは違う模様だった。

「あ、わかった」

と、蛍は言った。

「なにが？」

「ここは風の茶室なんだよ」

「風の茶室」

「そう。風に吹かれ、風を味わうことができる。さっき蛾が抜けて行ったでしょう。ああいうのも見越したんだ。ほら、そこに小さな風鈴がある。花瓶には、風になびきやすい柔らかな葉の草木が活けてある」

「ほんとだ。なるほど、風の茶室ね」

感心して眺めていると——。

にわかに城の下のほうが騒がしくなってきた。

四

入船丈八郎は、城下の宿の前で、大軍の出現に驚いていた。

町の人々も、なにごとかと外に出てきた。

「お帰りだ。松永さまがもどられたのだ」

と騒ぐ声もした。

——もどった？　こんな夜中に？

一瞬、くノ一たちを心配した。

逃げ場をふさがれるのではないか。

だが、あの母娘がつかまるわけがないと、思い返した。

「殿さま」

「松永さま」

と、方々から声がかかりはじめた。

馬印が見え、松永久秀がやって来た。

入船は慌てて、明かりの届かない、木陰のほうに寄った。この前の高楼の茶会で顔を知られているのだ。

だが、松永はこの宿のあるじと顔見知りらしく、

「どう、どうっ」

と、馬の歩みを止めた。

「蓬萊屋《ほうらいや》。戦になるぞ」

松永はあるじに声をかけた。蓬莱屋は、この宿の屋号《やごう》である。

「ですが、この城は落ちないでしょう」

「落ちぬさ。以前、一度落とされたが、あのころとは守備力がまるで違う。だから、長戦になって、敵兵たちもここでずいぶん買い物をする。なにせ数万の軍勢がここを取り囲むだろうからな」

「それはそれは」

「そなたたちもたっぷり儲けるがよい。そのうち半年もしたら引き上げる。その算段もできておるでな」

「お気遣いありがとうございます」

松永は城に向かって去って行った。

入船は木陰から出て、あるじに並びかけた。

「いまのお方が松永さまか」

と、とぼけて訊いた。

「そうです。松永さまは傑物《けつぶつ》です。いえ、天才です」

「ほう」

「あの城をご覧なさい。天守閣を初めてつくったのはあの城ですぞ。言っちゃ悪いが、評判の安土城も、あの信貴山城を真似たに過ぎません」

あるじは堂々と自慢した。

ちょうど天守閣のあたりに月がかかり、四層の屋根がくっきり影を刻んでいる。白壁も淡く浮き上がり、幽玄な美しさを漂わせている。

「たしかに安土城と似ているな」

入船はうなずいた。

「そうでございましょう。それと、いまはどこの城もつくりますが、多聞櫓《たもんやぐら》も初めて松永さまが多聞山城でつくったのですぞ」

「多聞櫓もそうだったのか」

多聞櫓というのは、以前は周囲を取り囲んだのが塀のようなつくりだったが、それを兵士たちの住む長屋と合体させたものを言う。そのため、板や丸太を並べたつくりではなく、白壁づくりになって、城の見た目は格段に美しくなったのである。

「あの城は、たぶん何万の兵が攻めても落とせないでしょうな」

「たしかに苦労するだろうな」

「しかも、松永さまの凄いところは、武将としての力だけではない。茶人としても天下無双と言える存在になられました」

「千宗易がいちばんだという話を聞くがな」

「それは違いますぞ。松永さまの茶会に一度出てみるとわかります」

「そんなにいいのか」

「目からうろこが落ちたようになります。あるいは法悦感《ほうえつかん》でうっとりしてしまいます。松永さまは、いま流行りの侘び茶を越えてしまわれました」

「どういうことかわからんな」

「出てみないとわかりません」

あの茶を飲まないとわからないのだろう。

入船はあるじの顔をじいっと見た。かすかに法悦感らしき表情がある。

「おそらく松永さまはどこかで達観《たっかん》なされたのではないでしょうか」

「達観？」

「そう。いまや、松永さまは死と遊んでいなさる。死と戯《たわむ》れていなさる。ご自身でもおっしゃっていました。ここは信貴山城ではない。死と戯れると書いて、死戯山《しぎさん》城《じょう》だと」

「死戯山城……」

聖徳太子の付けた名は冒瀆《ぼうとく》されていた。

「死と戯れるとはどういう意味だ？」

と、入船は訊いた。

「松永さまの口癖ですよ。生を遊び、死と戯れるのだ、とね」

「信長《のぶなが》さまはたしか桶狭間の合戦に出る前、一度生《ひとたびしよう》を得て滅《めつ》せぬ者のあるべきか、と歌ったらしいな」

「信長さまなど、松永さまの真似をなされているのです。浅井長政《あさいながまさ》さまのどくろ杯が以前、巷で評判になりました。どくろをもてあそぶなど、松永さまにとっては、ほとんど児戯《じぎ》」

「では、信長さまを倒し、天下を取ればいいではないか」

入船がからかうようにそう言うと、あるじはさすがに顔を強張《こわば》らせ、周囲を見た。

「そんなことおっしゃってよろしいので？」

「かまわぬだろうよ。わたしは別に信長さまの家来ではないし」

「では、申し上げますが、そのおつもりだと思いますよ」

と、あるじは小さな声で言った。

五

「なんだい、松永が帰って来たみたいだよ」

青蛾が眼下を眺めながら言った。

二人は、天守閣の頂上のその屋根の上にいる。

「急にどうしたんだろうね」

「謀反《むほん》だよ」

「昨夜、信長さまに叱られたから?」

「いや、あの前から怪しかったのさ。信長さまはすでに疑っておられた。それであたしも探るように言われたのだから」

「そうだったの」

母は信長の信頼が厚いのだろうか。

「じゃあ、逃げようか」

と、青蛾が天守閣を降りかけると、

「いや、もうすこし居てみようよ。松永はたぶんここに来て、茶を一服するんじゃないかな。そのようすを見てみたいよ」

「ああ、そうだね」

さきほど、茶壺を探り、中の茶をすこし取ってきてある。

それが、あの晩、富蔵が飲んだものと同じかどうかはわからない。

しばらくは下で家来たちにいろいろ命令していたのだろう。半刻(約一時間)ほどしてから、ようやく松永久秀が天守閣に登ってきた。

青蛾と蛍は、屋根からさかさまになって頭だけを出し、松永のようすを見た。

松永はひどく疲れた足取りで上がって来た。

「ああ、疲れたわ。まったく、あの馬鹿信長にはうんざりだ。もう我慢できぬ」

そう言いながら、炉の炭をかき回し、熾火《おきび》を出して炭を足した。

やはり茶を淹《い》れるらしい。

「まあ、不識庵《ふしきあん》どのも上洛する用意が整ったというからちょうどいい。わしの謀反が方々に新たな火種をまくだろうし」

どうやら上杉謙信《うえすぎけんしん》とも密約ができているらしい。

たっぷりの炭で、湯はすぐに沸いた。

松永はたもとから小さな茶壺を取り出した。

あの高楼の茶室で使っていたものである。やはり、ここには置いていなかったのだ。

茶碗を選び、その茶を入れ、かき回した。

それをゆっくり飲む。

さらに、茶碗をじいっと見て、

「何度も飲んでも効き目に変わりはないと言っていたが、なにか元気になる気はするがな」

松永はそう言った。

だが、蛍の目には、松永が急に老け込んだように見えた。

青蛾も同じように感じたらしく、蛍を見て、ぶるっと身体を震わせた。

「さて、天王寺砦からもどった兵士たちにも、茶をふるまってやるか」

そう言って、ここに置いてあった茶壺を見た。

——ん？

松永の目が鋭さを増した。

「茶壺に手の跡が」

と、松永は言った。

——しまった。

というように、青蛾は顔をしかめた。

漆塗りの茶壺はきれいに磨き上げられ、人の手が触れればかすかに跡を残してしまうのだろう。

松永は首をかしげながら茶壺を開けた。

「ややっ」

と言った。

「減っている」

わかったらしい。

だが、ほんのひとつまみ、ふたつまみなのである。それでもわかったのだ。

恐るべき勘の鋭さ。

松永は立ち上がり、階段のところで下に向かって怒鳴《どな》った。

「誰か、この部屋に入ったか？」

「いいえ、殿のお許しを得なければ、そこには誰も入りませぬ」

すぐに返事があった。

「そなたたちはずっとそこにいたのだな？」

「もちろんです」

このやりとりに青蛾は「まずいね」と声には出さず、口を動かした。

「ほう」

と、松永久秀は言った。面白がっているような口ぶりだった。

それから外していた刀を摑み、窓辺に近づいてきた。

青蛾も蛍も、すでに顔を上げている。

「おや」

と、松永は言った。

どきり。

と、蛍の心臓が大きく打った。

「蛾がふらふらしているな」

松永はそう言って、周囲の宙を見回しているらしい。

「ここまで蛾が来るのはめずらしい。誰か連れてきたのかな」

からかっているような口調である。

それから急に、大きな声を張り上げた。

「者ども、出会え！　天守閣に曲者が潜入した！」

第七章　甦る兵士たち

一

「曲者《くせもの》だ、曲者！」

松永久秀《まつながひさひで》が騒ぎ出した。

また松永の声が、艶のある低音なのに、よく通るのである。

それで、天守閣の地上階あたりまで騒がしくなっていくのが、天守閣の屋根の上にいてもわかった。

「いい声だこと。腰に来るわね」

青蛾《せいが》は暢気なことを言った。

「そんなこと言ってる場合じゃないでしょ。逃げるよ、母さん」

「ああ」

天守閣から下りるのは難しくない。登るのに使ってきた鉤縄を垂らして、すべり降りるだけである。すこし短いが、母の縄とつなげば足りるだろう。

ただ、来るときはほとんどいなかった兵士たちが、今度は皆、帰って来ている。篝火《かがりび》が焚かれ、城の庭がどんどん明るくなっている。

全軍がいっせいに引き上げて来たらしい。

どれくらいの数か。虫や鳥の数をかぞえる要領で、人を眺めた。十人ほどを見極め、その十倍の百人を推し量る。その百人の固まりがいくつあるかを数えていく。

一万はいないが、五、六千はゆうにいそうである。

蛍《ほたる》は上から眺めながら、逃げる道順を指先でたどるようにした。やはり来た道をもどるほうがいいだろう。入船《いりふね》に見せてもらった絵図面も頭に入っているし、障害などもたしかめてある。

横を見ると、青蛾がまだぐずぐずしている。

「なにしてるの、母さん？」

「ちょっと待って」

また腹這いになって、中をのぞき込んでいるのだ。

「早くしてよ」

蛍は、小声に怒りを込めて催促した。

「焦っても同じだよ」

「なによ、ふん」

いつもわたしに「早く、早く」と言ってきたくせに。

くノ一の成功、失敗や、生死を分けるのは、俊敏さだと。

「怒ってる場合じゃないよ。いま、松永が影山《かげやま》を呼んだんだ」

青蛾は、蛍をたしなめるように言った。

「どうせわたしたちを殺せとか命じたんでしょ」

「違う。いまから茶を飲ませるみたいなんだ」

「いまから？」

それはまたこんなときに悠長なことである。下のほうでは、曲者を捜す声でかなり騒がしくなっているのに。

蛍も意外に思い、青蛾のわきで中をのぞいた。

松永は、この前も使った茶壺から茶をすくい、茶碗に入れた。

そこへ湯をそそぎ、かきまぜる。

こんなときでも、松永の所作は落ち着いて美しい。千宗易《せんそうえき》もやはりそうなのだろうか。

——茶人というのは変な人たち……。

と、蛍は思った。

「風に吹かれ、死と戯《たわむ》れる。この茶室の醍醐味《だいごみ》じゃ」

そう言いながら、茶をかきまぜた。

茶ができた。松永は影山織部《おりべ》の前へそれを押し出した。

「飲め。わしにこの茶をもらえるのは、名誉なことだぞ」

「ありがたきこと」

影山はそれを大事そうにいただくと、いっきに飲み干した。

するとふいに、影山は、

「ぐえっ」

という悲鳴を上げた。いや、じっさいは上げていない。そういう顔をした。

それから苦しみ出した。

胸を押さえ、うつ伏せになった。こぶしで畳を、どんどんと何度も叩いた。

やがて、ふいに顔を上げた。

表情が変わっていた。彫りの深い美男なのに、のっぺらぼうのように感情が消えていた。

「よし、これでお前はわしと同じく死霊となった」

と、松永は満足げに言った。

「死霊？」

影山は初めて聞いた言葉らしい。

自分の手をじっと見た。何度か握ったり開いたりした。

「死んだのですか、わたしは？」

影山は気味悪そうに訊いた。死んだという実感はないらしい。

「ああ」

松永はうなずいた。

「気分はよくないですが、死んだような気はしませんが。現に、こうして殿と」

「生きながら死んでいるのだ。だが、永遠に死なない」

「どういうことでしょう？」

「死と戯れながら生きるのだ。まさに、わしの望み」

「はい」

「戦国の世に大名は数多いが、死霊と化したのはわし一人であろう」

「死霊……大名……」

影山はつぶやくように言った。

「そなた、これから安土の信長《のぶなが》のところへ行け」

「信長公のところへ？」

強張った顔をした。

死霊とやらになっても、信長は怖いのかしら——と、蛍は思った。

「書状を届けるのだ。それにわしが降伏する条件を書く」

「降伏なさるのですか？」

「するわけがない。信長が絶対に飲めない条件を書く。信長は激昂するだろう」

「ははあ」

「そなたを斬ろうとするやもしれぬ」

「もちろん返り討ちにしていいのですね」

「してくれ」

「わたしを斬ろうとしなくても」

「斬ってくれ」

と言って、松永はにやりと笑った。

蛍は青蛾を見た。

顔が険しくなっている。

阻止しようとするのだろうか。だが、影山の腕は尋常ではない。

もちろん青蛾のくノ一としての手腕は伊賀でも筆頭とされたが、この男とまともに立ち合えば苦労する。

だが、青蛾には蛍も知らない色仕掛けという忍技がある。

「わかりました。しかし、苦しいものですね」

影山は胸に手を当て、何度も深々と息を繰り返した。

「そういつまでも苦しいことはあるまい」

「いえ、やはり、これは……」

影山は胸をかきむしると、今度は仰向けに倒れ込んだ。

その倒れ方は尋常ではない。

「おい、しっかりしろ」

松永は影山の肩のあたりを揺さぶるが、まるで反応はない。

「まさか、強すぎたのか」

そう言って、茶壺をじいっと見た。

「死んだの？」

蛍が小声で訊いた。

「そうみたいだけど」

「父さんが飲んだのもあれだね」

「ああ、間違いないね」

毒なら毒消しを見つけられるはずだ。

毒の正体を知りたい。

「本当は父さんが飲むはずじゃなかった。母さんが飲んで、すぐにああなって、茶会は終わるはずだった。でも、母さんは飲まず、父さんが」

「なんだい。あたしが飲めばよかったみたいだね」

「そうじゃないけど」

ほんとにどうにかできなかったのだろうか。

と、そのとき——。

「屋根だ。天守閣の屋根の上だ！」

本丸の見張り台にいた兵士が騒いだ。

青蛾が憎々しげに声がしたほうを見た。

「見つかっちまった」

「母さん、逃げるよ」

蛍が縄を下に放った。

二

天守閣の頂上から、縄を伝っていっきに地上まで滑り降りた。

柔らかい縄だが、持ちっぱなしだと手がこすれて熱くなる。ときどき放しながらでないと、火傷してしまう。

降りるというより、落ちると言ったほうがいい。

着地したところで、縄の端を持ち、大きく波打たせた。縄の浪は、頂上に向かって駆け上がり、その勢いで鉤《かぎ》が外れた。

鉤といっしょに縄も落ちてくる。

これを巻くようにして懐にしまう。この先、鉤縄は逃亡にぜったい必要になる。ここへ置いて行くわけにはいかない。

そのまま二人は狭い庭を突っ切り、木を利用して、本丸の屋根に上がり、身をかがめながら、進んだ。

下では、青蛾と蛍の姿を捉えていないらしく、

「どっちだ?」

「そっちにいないか?」

「こっちはいないぞ!」

などと喚く声がしている。松明《たいまつ》が動き、明かりの数がどんどん増えていく。山などと違って、城には木陰も少ない。忍者にとって闇は大事な武器であり、生きる場所なのだ。

本丸の端まで来て、屋根から地上へ飛び降りる。

二階くらいの高さなら、綱も使わない。多少、着地の衝撃を和らげるため、着物

の袂を広げて風を受けたりもする。

二の丸との境は、高い石垣になっていた。鉤縄を下ろし、跳ねるようにしながら、蛍が先に石垣を降りた。

できるだけ暗いところを選んだのだが、

「あ、いた!」

五人ほどの見回りが、蛍を見つけ、駆け寄って来た。

追いつかれるのを待たず、こっちが相手に突進した。

「うぉーっ」

と、槍を突き出してきた。

この穂先を軽く払って、いっきに敵の懐に入った。

「わっ」

槍兵は、眼前まで来られてしまったら、もうなすすべがない。

蛍は刀で、斬らずに喉を突いた。

「うっ」

と、呻いて、噴き出す血を押さえるようにしながら倒れ込む。

ほかの兵士にも、槍を短く持ち替える暇を与えず、突く。

蛍が三人、青蛾が二人で、たちまち五人の兵士たちが、血まみれになったまま、地面をころげ回っている。

　壁に挟まれた通路をまっすぐ駆けた。

　この先の屋根を越えるのだが、手前に四人の兵士がいた。

　二人を見つけると、刀を抜き、並んだまま迫って来た。

「こういうの、昔、稽古したよね」

　蛍が駆けながら言った。

「覚えていたかい」

「忘れられないよ、母さんの稽古は」

　せいいっぱい皮肉を込めて言った。

　ぶつかり合う寸前、二人は大きく跳躍した。

　兵士たちの頭上を飛び越え、身体をひねりながら着地した。

　同時に首の後ろ、いわゆる盆の窪を突いている。もう一人も首の横を突き、血を浴びないようすばやく下がった。

　大勢を相手にするときは、斬るよりも突く。

　斬っていくとすぐに血脂で斬れなくなるが、突く威力はそれほど落ちない。

　土塀の屋根は低いので、鉤縄を使わず飛び移った。

「弱いねえ、こいつら」

青蛾が見下ろして言った。

「というより、変だよ」

「なにが？」

「戦い方が、まるで死ぬのを恐れていないみたい。ただ突きかかってくるだけ」

「松永を信奉しちゃってるのかね」

青蛾は首をひねった。

「また来たよ」

今度は二十人ほどの一団が、槍をそろえて突き出し、いわゆる槍衾《やりぶすま》をつくって押し立てて来た。

「母さん。わたしから離れていて」

「こうかい？」

「そっちじゃない。こっち」

と、右手を指差した。

すると、蛍は兵士たちに向かって突進した。

だが、槍衾の前まで行くと、身体を翻し、後ろ向きに何度もとんぼ返りをした。

そのとき、蛍の羽織から、白い粉が飛び散るのは、夜目にもよく見えた。

粉は風に舞い、兵士たちに降りかかった。

すると、兵士たちの動きがおかしくなった。手足がしびれでもしたみたいに、身体の動きが鈍くなった。

「しびれ薬かい？」

「うん。そう」

「羽織にあらかじめ仕込んであったんだね。それを、こすり合わせるようにして、粉を撒いたんだ」

「そう」

「まるで蝶々や蛾の鱗粉《りんぷん》みたいじゃないか」

「そう。蝶々に教えてもらった技さ。〈忍技・毒鱗粉〉というのさ」

「凄いね。それ、あたしにも教えておくれ」

「母さんには無理だと思うよ」

「なんで？」

「風を気にしながら生きていないからさ」

「ふん」

青蛾は気を悪くしたようだった。

土塀の屋根から反対側へ飛び降りた。

ここは広場のようになっていて、いっきに突っ切らなければならない。

まっすぐ駆けていたとき、前方に異様な光景が出現した。

三

「母さん、あれ」

蛍が前方を指差した。

「まさか」

「そのまさかだよ」

「たしかに死んでいたやつだろ?」

「そうだよ」

来るときに、壁にもたれて死んでいた兵士が動き出していたのだ。

全員ではない。五人いたうちの三人である。二人はぴくりともしない。

最初はもぞもぞしていたが、立ち上がると、身体を左右に揺らすようなぎくしゃくした動きでこっちに歩いて来るではないか。

もさり、もさり。

と、いった動きである。あるいは、
ぐわじ、ぐわじ。

と言ったほうがいいか。

「なに、あれ？」

さすがの青蛾も逃げ腰である。

「気持ち悪いね」

「うちの人と同類か」

「どうかなあ」

富蔵《とみぞう》の動きとは違う。

富蔵はもっと俊敏に動いた。

ふと、幼いときの記憶が、頭のなかを風のようにかすめた。

表情の消えた村人たちが、中腰の恰好で動き回っていた。

あのときの恰好とはまるで違う。だが、得体の知れない者たちの恐怖という感触が同じだった。

拘わらずに逃げたいが、次の塀を越える前に来てしまった。

刀を振り上げ、迫って来るが、蛍はその脇の下を突いて、横に回った。

妙な手ごたえである。藁束を突いたみたいで、人を刺した実感とはまったく違っている。

しかも、なんの反応もない。血も出ていない。

まったく変わらない動きで、刀を振り回してくる。

その剣をかわし、突かずに腕を切った。やっぱり、人を斬る感触ではない。

落ちはしなかったが、二の腕が曲がった。とても刀は持てまい。

ところが、ゆっくり向き直って、左手で摑みかかってきた。

「うわぁあ」

蛍は思わず声が出た。怖いというより気味が悪い。

指先が見えた。人差し指の爪がはがれ、取れそうになっていた。中指の爪はなかった。その手が目の前に来た。

「触らないで！」

蹴りを入れると、乾いたへちまのような、すかすかした感触があった。

かいくぐって逃げる。一瞬、摑みかかられたが、力はあるのだ。

また別の死体が襲ってきた。

振り回してくる刀をかわし、足を蹴った。

ばきっ。

と、音がして折れた。だが、痛がりもせず、よろけながら摑みかかってくる。

目と目が合った。

瞳はあったが、腐った魚の目のようだった。

こちらに対する敵意のようなものは感じなかった。むしろ、底しれぬ悲しみの気配があった。

だが、敵意はなくても、こっちの命を奪おうとしているのは間違いない。

わきをすり抜けて、背中を斬った。

ようやく倒れた。それでもまだ動こうとしている。

――ほんとに何なのだろう、こいつらは？

死臭はしない。むしろ線香の匂いがした。それとカビ臭い感じ。

水気が抜けてしまったようでもある。水をかけたら元にもどったりするのだろうか。

「蛍。また来たよ」

右手のほうからも、同じような動きをする四人の兵士たちがやって来た。

最初に槍を突きかけてきた兵士から、槍を奪って突く。

だが、突いてもまるで応えない。槍の穂先を抜けば、また動き出してこっちに向かって来る。

「なに、こいつら。勘弁してよ」

蛍はわきで戦っている青蛾に言った。

初めて母がいっしょにいてくれてよかったと思った。こんな連中とたった一人で戦っていたら、気がおかしくなってしまいそうだ。

「ああ、斬っても突いても駄目みたいだ。蛍、さっきの毒鱗粉をかけてみな」

「やってるよ」

さっきからかけているのだ。

だが、まるで反応はない。

「駄目かい？」

「まったく効かないよ」

「だったら、逃げるしかないね」

とりあえず、この一団をなんとかしなければならない。

三人が、蛍のほうにいっせいに襲いかかってきた。

地面に這いつくばるようにしてわきをすり抜けて、横と後ろから刀の峰で頭を殴りつけた。

二人の頭は、藁束でも叩いたような感触だったが、もう一人は違った。西瓜でも叩いたみたいに、
ぶしゃっ。

と砕け、脳漿《のうしょう》が飛び散った。それは膿《うみ》みたいに嫌な色だった。

しかも、そいつの顔に法悦感のような表情が走るのが見えた。

「母さん。手ごたえの違うやつもいる」

「新しいんじゃないか」

「新しい？」

「できたての死体で乾き切ってないんだろう」

「……」

なんという話をしているのだろう。吐き気がこみ上げてくる。

「あっちからも来たよ」

今度は十人ほどが、あのぎくしゃくした動きで迫って来ていた。

「蛍。屋根だ」

「うん」

二人とも奪った槍を地面に突き刺し、反動を利用して高々と屋根の上に飛んだ。

「そっちだよ」

多聞櫓の屋根の上を走る。

その尽きるあたりに来て、青蛾が動きを止めた。

下は三の丸の広場である。そこにはもっと大勢の死人がうようよしているのが見えた。

その数、ざっと三百人。

「うわぁあ」

青蛾が絶望的な声を上げた。

四

——遅いな。

城下にいる入船丈八郎《いりふねじょうはちろう》は、なかなかもどって来ないくノ一たちを心配しはじめていた。

しかも、城のほうでなにか騒いでいる声が聞こえてくる。

見つかったのかもしれない。

どうやら松永軍は、全軍が天王寺砦から引き上げて来たらしい。すると、ここには数千の兵がいるのだ。

もし、見つかってしまったら、あの二人にしても、逃げ出すのは難しいかもしれない。

なんとか手助けできないものか。

まずは大手門のところまで行ってみた。

どっしりした門は閉じられている。入船が前をうろうろしていると、上のほうにあるのぞき穴から、

「なんだ？」

と、声がかかった。

「あ、いや、わたしは浪人中の者なのだが、こちらの城で雇っていただけないものかと思ってな」

入船は、とぼけた顔で嘘を言った。われながら、こうした狂言はなかなかのものだと思う。

「雇うかもしれぬ。だが、こんな夜に来るな。明日の朝、出直して来い」

「ただ、腹が減っていてな。明日、もう一度来る元気が無くなるかもしれぬ。こう見えても、戦には役に立つ男だぞ。いちおう名乗っておく。入船丈八郎という。すげなく帰したとか報告すると、侍大将あたりからこっぴどく叱られるかもしれぬぞ」

入船がそう言うと、何人かで協議している気配があった。

やがて、門が細く開き、足軽の組頭ほどの男が、

「これは粗末だが、われらも齧《かじ》る揚げ餅だ。なんとかこれでしのいで、明日また出でいただきたい」

と、小さなざるに入れた揚げ餅を手渡して寄こした。

「やあ、これはかたじけない」

受け取りながら、中をのぞいた。だが、門のわきには篝火があるが、奥のほうは

暗くてさっぱりわからない。

「では」

と、門が閉じられる瞬間、向こうから来た兵士が、

「どうやら女らしいぞ」

という声が聞こえた。

——やはり見つかったのだ。

これはなんとかしないとまずい。

二人は城の左手側から潜入して行った。たぶん、もどるときもそっちに向かって逃げて来るはずである。

ということは、反対側で騒ぎをつくってやれば、二人も逃げやすくなるはずだった。

入船はいったん宿にもどり、急いで仕掛けをつくった。

本当なら大砲を使いたいところである。だが、あんなものを一人で持ち歩くことはできない。

それで、弓矢を利用する仕掛けにすることにした。

木製の筒に火薬を詰め、矢の先にくりつけた。

火薬の力だけでも宙に飛び出すことはできるが、弓の力も加えて撃つと、もっと

遠くまで飛ぶ。

手持ちの火薬で三発分つくり、これを持って、もう一度外に出た。

城の右手のほうの山道を登り、この火矢を射た。

ぴゅうーん。

と、唸りを上げて飛んで行く。

一町（約一〇九メートル）ほど飛び、二の丸の建物のあたりに当たって、
パンパーン。

と、弾けた。赤い、大きな火花も飛び散った。

しかも、火花は赤い色だけではなかった。橙色や青い色まで混じっていた。

「わぁーっ」

という騒ぎ声がした。

つづけてあと二発。一発は二の丸を越え、本丸近くにまで届いて破裂したらしい。

最後の一発は、逆にいちばん外側の多聞櫓のところに命中させた。

「こっちだ」

「こっちに来たぞ」

「水を持って来い」

足軽たちが大騒ぎする声が聞こえている。

五

二の丸の、蛍たちが潜入して来たほうとは逆側で、火の手が上がるのが見えた。

夜目にも鮮やかな、不思議な色合いの炎だった。

三発つづき、最後は三の丸の東側で美しい炎をまき散らしながら燃え上がった。

「きれい」

蛍は思わずつぶやいた。

広場にいた死人たちも、炎が出たほうへいっせいに駆けて行く。

「なんだ?」

「どうしたんだ?」

しゃべり声も聞こえてくる。

「あいつら、話せるの?」

「話してるのは違うだろ」

はっきりした物言いをしているのは、どうやらふつうの兵士が混じっているかららしかった。

「いまのうちだよ、蛍」

「ああ」

火を見ながら、二人は三の丸広場を西めざして駆けた。

入船丈八郎が、また城の左手のほうにもどって、くノ一たちを待っていると、ようやく塀の上に二人が姿を見せた。

「よかった。無事だったか」

「入船さま」

「もしかしたら、爆発騒ぎを起こしてくれたのは、入船さまでした？」

蛍が訊いた。

「ああ、そうだ」

「やっぱり」

と、蛍がうなずくと、

「あれは助かりました。追い詰められていたのが、皆、あっちに行ってくれましたので」

青蛾が頭を下げた。

「凄い炎でしたね」

蛍は感激した面持ちで言った。

「凄いかい？」

「ええ。赤とか青とか、凄い色が出てましたよ」

「ああ、あれは山で採集した岩石の粉を混ぜると、あんな色になったりするのさ」

「へえ」

三人はいったん、宿にもどった。

宿のほうは静まり返っている。そっと戸を開け、二階に上がった。

部屋に入ると、青蛾と蛍は、いま見てきたことを入船に語った。

「とんでもない城ですよ、ここは」

青蛾は思い出したらしく、ぶるっと震えた。

「なにがあった？」

「ここの兵士たちの何割かは死人です」

「死人……」

「死んでいると思った兵士が動き出してかかって来たんです」

「では、富蔵と同じか？」

「同じと言われると、ちょっと違うね？」

と、青蛾は蛍を見た。

蛍は肩を抱くようにしながら、

「動きは父とまるで違うんです。もっと、ぎくしゃくして、のそのそして、あまり強くはないんですよ。ただ、なにも恐れず向かってくるし、斬っても死なないから厄介なんですが」

と、言った。さっきまであんなに果敢に戦った蛍だが、いまは若い娘が幽霊に怯えているみたいである。

「それとは別に、やっぱり無表情で突進して来る兵士もいて、そっちは動きもふつうだし、斬ると死にます」

青蛾が言った。

「ほう」

「ふた種ですね。死んでいて、動きが遅いのと、死人みたいだけど、生きているのと」

青蛾がそう言うと、

「ふた種だけとは限らないよ。松永久秀だってわかんないし」

蛍が言い足した。

「そうか。やっぱり、茶が関わってますよ。松永の茶室にあった茶を取ってきました。あとで調べてみるつもりです」

青蛾があの茶を見せた。

「わたしももらいたいな」

「わたしも」

それぞれ持ち帰るため、三人分に分けた。

「ただ、松永が飲み、影山という男に飲ませた分はこれとは別なんです。それは、あの高楼の茶室で、うちの人も飲んだ、金物の匂いがしたやつでしょう」

と、青蛾は言った。

「なるほど」

「死霊という言葉も出ていました」

「死霊？」

「松永は、自分も死霊なのだと。それに死と戯れる茶だと言ってました。ただ、影山はそのまま死んだみたいにも見えたのですが」

「死と戯れる茶か……」

入船は窓の外を見た。

蛍もつられて首を傾けた。

ちょうど城の天守閣が見えた。

昼間見たのと違って、月に照らされた城は、青白く、まさに死戯山城と呼ぶにふさわしかった。

——なにが起きているのだろう、あの城では。

いや、城というより、松永久秀の周辺では。

なにか異様な事態が進行していることを、皆、薄々は勘づいていたのだ。だから、千宗易も、織田《おだ》信長や明智《あけち》光秀《みつひで》も、忍者や家臣を動かして、調べさせようとしたのだ。

蛍はまたも、思い出していた。

伊賀の山中で忍びの訓練に疲れ果てていたころ、逃げ出した先で見た異様な光景を。

あのとき、この世は青蛾の訓練よりもっと怖いものがあると思い知ったのだった。

いま、まさにその実感が現実のものになろうとしていた。

六

松永久秀は、信貴山城の天守閣から河内のほうを見ていた。

もし、松永が城下のほうを見ていれば、宿の蛍たちも窓辺に小さな影を見つけたかもしれない。だが、方角が違っていた。

畳の上では、まだ影山が倒れている。息を吹き返すような気配はない。

「どうしたものか」

予想外のことだったらしい。

さっきから代わる代わる何人かが来て、

「曲者に逃げられたようです」

と、報告していった。

「姿は見たのだな？」

「はい。忍び装束《しょうぞく》でしたが、おそらく女二人」

「くノ一か」

その片割れは、青蛾だったはずである。

信長が気に入っている女忍者。女嫌いと思われる信長も、青蛾に対しては、ふつうの男と同じ欲望を感じているかもしれない。

いい女だった。

いっしょに不老不死《ふろうふし》の命を得て、永遠の睦《むつ》み合いを楽しもうと思ったが、それはもう叶わぬ夢だろう。

不老不死の薬――。

それこそが、自分も飲み、さっき影山にも飲ませたものである。本来は粉末の薬だが、それを茶に混ぜてある。

それとは別に、百倍ほどに薄めた茶を、五百人ほどの兵士にも飲ませてある。その者たちもいったん死ぬと死霊として生き返る。ただ、ほとんど動く死体といった程度で、人の心は失っている。この茶は、やはり薄めずに飲むべきなのだ。

それは、気に入りの茶壺に入れておいたが、影山に飲ませたので、残りは一人分ほどだろう。


途方もなく高価な薬だった。

あいつらがやって来たのは、昨年の夏。ちょうどいまごろだった。

二人の南蛮人が、この城にやって来て、

「われらは錬金術師です」

と、名乗った。流暢な日本語だった。

「錬金術師とはなんだ？」

松永が訊くと、

「ほかの金物をいろいろ混ぜ合わせ、金をつくるのです」

と、答えた。

ただし、あと一歩というところまでは来ているが、まだ完成には至っていないという。

「そのかわり、金より素晴らしいものができました」

そう言って見せたのが、不老不死の薬だった。

「それをわしに売るのか？」

「松永さまならお買い上げいただけるだろうと」

財力や野心について噂を聞いて来たらしい。

その値は、三千金という莫大なものだった。

だが、不老不死が本当なら、天下を取ることもできるはずである。命に限りがあるため、さまざまな方策も途中で潰えるが、不老不死であるならそれらをゆっくり推し進めていくことができる。

しかも、敵はどんどん老いて死んでいくのである。

「それが本当に不老不死の薬だという証しはあるのか?」

と、松永は訊いた。

「もちろん」

錬金術師たちはうなずき、片方が自分の胸を示し、

「ここを刀で突いてみていただけますか」

というではないか。

松永は自分の脇差を錬金術師の胸に深々と突き刺した。

なんともなかった。血も流れず、痛みもないらしい。

「一度死んで生き返っているのです。したがって、もう死ぬことはありません」

と、錬金術師は言った。

それを見て、金を惜しむ気は消えた。

だが、二人を送り出そうというとき、疑念が湧いた。

「それをほかでも売って回るのか」

たとえばこれを織田信長や上杉謙信《うえすぎけんしん》も飲んだとしたら、天下が松永のものになるとは限らない。それどころか、未来永劫《みらいえいごう》その相手と戦いつづけなければならなくなる。

そのことをさりげなく訊くと、

「とりあえず手持ちの分はこれで売りつくしました。新しい薬も、あいにくそうかんたんにはつくれないのです」

と、言った。

なんでも、いまの薬も船上で雷に打たれたため、でき上がったのだという。

たしかに、雷に当てるのは容易なことではないだろう。

「だが、やはり不老不死をこれ以上つくられては困る」

と、二人の錬金術師を幽閉してしまった。

松永は、倒れたままの影山を残し、その錬金術師たちに会いに行った。

いったん外へ出て、山頂の北側に出た。そこは岩場になっていて、一部を削り、牢にしてあるのだ。

二人は平然と横になっていた。

「まだ、天下を統一できないのか？」

そのときには、二人を解放すると約束したのだ。

「そうかんたんにできるか。死なないだけでは無理なことも多い」

「早く出してもらいたいな」

「もうすこし待て。それより訊きたいことがある」

と、松永は牢の奥のほうにいる錬金術師たちに言った。

「なんだ？」

「薬の効き目がおかしくなってきた気がする。わしのときは飲んですぐ気を失い、まもなく甦った」

「わたしたちもそうだった」

二人の錬金術師はうなずき合った。

「だが、さっき飲ませた男はいったん息を吹き返したが、ふたたび倒れ、ずっと息を吹き返さないのだ」

「心臓はどうだ？」

「動いていない」

「いったん起きて、また倒れて？」

「ああ。そのあいだも苦しいとは言っていたが」

「たぶん、最初のとき、死に切れていなかったのだろう」

「だが、この前もおかしなことがあった」

と、蛍や青蛾も出た高楼の茶会のことを語った。

そのときは、薬を入れた茶を青蛾から順に回した。

本来なら、それで青蛾が倒れ、茶会は中止になる予定だった。

ところが、青蛾はなんともなく、次の明智の家来や、筒井順慶《つついじゅんけい》の使いたちにも変化はなく、最後、千宗易の使いと称した男が、ようやく倒れたのだった。あの男、動きからしても忍びの者だったに違いない。

あの忍びの者は、影山が胸を一突きにして殺したのだが、もしかしたらいまごろ甦っているのかもしれない。

「それはたしかに不思議だ」

と、錬金術師は言った。

「なんだろうな」

もう一人の錬金術師も言った。

「それを探るから、われらを外に出してくれ」

「ああ、われらでないとわからないだろう」

松永はその言い分を聞き、

「いや、けっこうだ。それはこっちでやる」

冷たく言って、踵を返したのだった。

第八章　死霊の刺客

一

翌日──。

蛍《ほたる》、青蛾《せいが》、入船丈八郎《いりふねじょうはちろう》の三人は、まだ信貴山城下《しぎさんじょうか》の宿にいた。

蛍は、松永久秀《まつながひさひで》に謎の茶を飲まされた影山織部《かげやまおりべ》のことが、どうしても気になっている。

「父さんが死んだのは、あの影山に胸を刺されたからだった。でも、影山は茶を飲んだだけで死んだみたいだった」

「そうだね」

と、青蛾はうなずいた。

「いったい、どうなっているのか、見届けたいんだよ」

「もう一度、忍び込むのかい？」

青蛾はうんざりしたように訊いた。

「あるいは、影山が城から出るかもしれないよ」

と、蛍は言った。

もう一度、生き返っているような気もする。

「信長《のぶなが》さまの暗殺を命じられていたしね」

「母さんも、それは放っておけないでしょ？」

「信長さまに雇われている身だからね」

青蛾はうなずいた。

——本当にそれだけなのか。

伊賀の里で囁《ささや》かれた噂。青蛾は信長の女になったという噂は、まるっきりのでたらめだったのか。

というわけで、窓の近くで城の門を見ながら、三人は昼を過ごしている。

もっとも、入船はとくに付き合う理由もなさそうだが、

「いや、明智《あけち》さまだって、このまま探りをつづけることをお望みだと思う」

と、蛍たちと行動を共にするつもりらしい。

であれば、蛍もありがたい。

この入船は、剣が苦手というが、知恵の回ることは、なまじの剣より遥かに助け

になる。昨夜は、入船のおかげで信貴山城から脱出できたのである。

ここは、こんな小さな城下にしてはこぎれいな宿だが、食事などはつくってくれない。階下の台所で、鍋釜やかまどを借り、自分でつくらなければならない。小女に銭を払えばつくってもらえたりもするが、蛍は炊き込み飯を自分でつくった。

朝、それを食べ、にぎり飯にしておいたのを、さっきお八つに食べた。

入船が、怠りなく外を見張っている蛍と青蛾に、

「わたしは、いろんなことを調べるとき、〈試し〉ということをするんだがな」

と、話しかけたのは、申《さる》の刻近く（午後四時ごろ）だったろう。

膝のところには、茶碗に入った茶がある。

「試し？」

青蛾と蛍は首をかしげた。

「ま、説明するより、やってみせたほうが早い」

そう言って、そのあたりの草むらからカエルを三匹ほど捕まえてきて、宿のあるじから借りてきた桶に入れた。

「ほんとは、人を相手にやるのがいちばんいい。ただ、人だと取り返しのつかないことになるとまずいので、まずはこういう生きものでやる」

「………」

女二人はわかったというようにうなずいた。

「それで、昨日もらったあのお茶を調べてみた。あれには、やっぱり阿芙蓉が混じっていた」

入船が、朝から茶を皿に載せて炎で炙ったり、水に漬けたり、いろんなことをしていたのは、蛍も見ていた。

「阿芙蓉ってどういうものでしたっけ？」

と、青蛾が訊いた。

「ケシの実から取れるもので、人をぼんやりさせて、天国に行ったみたいな気持ちにさせることができる薬だ」

「知ってる。麻の葉っぱにも似たような力があるよ」

と、蛍が言った。

「お前、よく知ってるな。やってないだろうな？」

「やってないよ」

「なんで知ったんだ？」

「草を焼いてるとき、うっとりするとか言うのがいるんだよ。どの草を焼いたときにそうなるか、いろいろ調べてみたんだ。麻の効き目なんかまだ軽いほうだ。なかには焼いた煙を吸うだけでも、死んでしまう木や草もある。わたしは、忍技に取り入れてるのもあるんだ」

蛍がそう言うと、

「そうなのかい」

青蛾は驚いて蛍を見た。

「いや、まさに蛍の言ったとおりなんだ。阿芙蓉の場合だと、いちばん効くのは煙にして吸わせる方法なんだが、松永はその方法ではやっていない。ただ、茶に混ぜて飲ませてるんだ。こうやってな」

入船はカエルを一匹手摑みにすると、麦藁を五寸(約一五センチ)ほどの長さにしたものを茶の中に入れ、片方の先を親指でふさいだまま、カエルの口のところに持っていった。

そして、開けたカエルの口に麦藁の先を当て、親指を上げた。中のお茶がこぼれるように、カエルの口に入った。

「面白いことするんだね」

と、蛍は言った。

「ああ。わたしは一人でいるときはこういうことばかりやってるんだ」

「ふうん」

入船はそのカエルを下に置いた。すると、

ぐたっ。

と、なってしまった。

「阿芙蓉の力？」

「たぶんな。それで、こういうことで人間の気持ちを失ったやつに、心を取り戻させるにはどうしたらいいか、考えたのさ」

「うん」

蛍の目が輝いた。父の病を治すには、この入船の力がどうしても必要な気がする。

「やっぱり南蛮から入ってきたものに、煙草というものがあるだろう」

「あるね。信長さまも吸ってるよ」

と、青蛾がうなずいた。

「あれは、南蛮では肺病や血の道の薬のように使われるらしい。吸うと頭がはっきりしたりもする。煙草にも阿芙蓉といっしょでやめられなくなる怖さがあるんだが、毒には毒をとも言うし、あの煙を吸わせてみたらどうかと思ってるんだ」

入船はその煙草を持ってきていた。

鉄の管に詰め、火をつけた。

「入船さまも、やめられなくなると、まずいんじゃないですか？」

と、蛍が訊いた。

「吸い込まないようにしてる。それで、この煙をほら」

かがみ込んで、ぐったりしているカエルに吹きつけた。すると、いきなり、
ぴょん。

と、飛んだ。

「嘘でしょ」

蛍が手を叩いて笑った。

「うん。これはうまくいったほうだな。だが、じっさい夜通し起きていなければならないときとか、煙草はかなり効き目があるらしい。それで、その阿芙蓉でおかしくなった兵士たちには、煙草の煙を吸わせてみたらどうかなと」

「へえ」

女たちは入船のいわゆる〈試し〉にひとしきり感心した。

二

「影山だ」

外をのぞいた青蛾がふいに立ち上がった。

蛍と入船も立ち上がって見た。

宿の前を馬に乗った武士が通り過ぎるところだった。供の者や足軽は連れていな

い。影山ただ一人。

「ほんとだ」

「生き返ったんだな」

影山の馬上の動きを見た。

ちゃんと揺れに合わせて動いている。おかしな動きではない。

「やっぱり安土に行くんだね」

と、青蛾は言った。

「どうする、母さん？」

「行かせないよ」

三人は荷物を引っ摑み、急いで外に出た。くノ一の二人は忍び装束ではないが、着物に野袴を穿いている。

前の道をしばらく走る。城下を出るとすぐ山道になる。

影山は馬である。すでに後ろ姿は遠ざかっている。

「いくらなんでも追いつけないだろう」

入船が悔しそうに言った。

「先に行っておくれ。そこらで馬を盗んで来るよ」

青蛾が駆け出そうとした。

「待って、母さん」

蛍は止め、地面にかがみ込んで耳をつけた。

「うん。馬が来る。一頭じゃない」

「どれ？」

青蛾も同じように地面に耳をつけた。

「ほんとだ。三頭、いや四頭いるね。影山の供なんだろう。影山は先に出たんだ」

「うん。そうだね」

この話に、

「あんたたちは凄いな」

と、入船は感心した。

まもなく道を馬群が迫って来た。

「蛍。行くよ」

「ああ」

青蛾と蛍は道の両端に分かれ、馬群に向かって駆けた。

くノ一の剣が、すれ違った拍子に、ぎらっ、ぎらっと二度ずつひるがえった。

そこから半町（約五五メートル）ほど進んだとき、乗っていた武士たちが次々に転がり落ち、馬は足取りをゆるめ、やがて静かになった。

「よし、四頭だ。これで追うよ」

「一頭は逃がす？」

蛍が訊いた。

「いや、急いでいるときは換え馬があると楽だ。連れて行こう」

と、入船が言った。

三人が四頭の馬で影山の後を追った。

三

行く道はわかっている。

大和を避け、河内のほうを北上して琵琶湖《びわこ》に出るのだ。

川に沿った山道でそうそう馬も早駆けはできない。

さほど経たずに追いついた。

鞭を入れ、後ろからいっきに迫って行く。

入船は逃走を妨げる役目にして後ろに待機してもらい、青蛾と蛍が近づいた。

後ろにきりりと結んだだけの、くノ一の髪が馬上で馬の尾のように揺れる。青蛾の髪は背中のなかほどまであるが、蛍の髪はもっと短い。

大きな瞳に緊張が宿った。柔らかそうな唇が、いまは厳しく一文字に結ばれている。

左手から近づく蛍はすでに刀を抜いている。

右手から行く青蛾は、まず手裏剣を打ち込むつもりである。

影山がちらりと蛍を見た。

凄い形相だった。加えて、目の輝きのなさが尋常ではなかった。

先に青蛾の手裏剣が飛んだ。

四発放つ。一発は外したが、背中に三発の八方手裏剣が突き刺さった。鎧兜もつけておらず、まともに肉に突き刺さる。

八方手裏剣はそう深く突き刺さることはないが、それでもふつうなら痛みで馬から転がり落ちる。影山はまるで平気らしい。

そこへ蛍が剣で斬りつけた。

背中を二度斬った。影山もかわそうとしているので、そう深くは斬れない。刃に血がついたのは確かめる。どす黒い、命を感じない血。

三度目に斬りつけようとしたとき、身をよじった影山が、鋭い一振りを繰り出してきた。

受けずにかわし、ほんのすこし馬を後ろに下げた。

「母さん、やっぱり斬っても死なないよ」

馬上で蛍が言った。

「どうしたらいいんだろうね」

「とりあえず、馬から下ろしたいよ」

「ああ、そうしよう」

青蛾が鉤縄を取り出し、鉤のところを持って、影山の背に投げつけた。

一発で引っかかり、青蛾は力負けしないよう、馬の背につかまりながら馬の速度をゆるめた。

影山がもんどり打って馬から落ちた。

「よし」

その脇を駆け抜ける際、蛍はもう一度、刀を振るった。

肩口をかなり深く斬った。血は出ない。そのかわり、膿のようなものがどばっと飛び散った。

だが、影山はなんの痛みも感じないらしい。

馬を止め、影山を挟み込むように迫る。

向こうでは入船が馬から降り、弓を構えている。

影山は道から川原へと逃げた。

「蛍、気をつけな。あいつ、誘ってるよ」

青蛾が声をかけた。

「うん。わかってる」

影山は剣に自信がある。こっちは小細工を得意にする忍者である。当然、剣客のほうは、動きやすい平地で戦おうとする。

川原は大きな岩もあったが、砂に近い砂利に蔽われていた。水量はさほど多くなく、向こう岸の近くを、激流になって下っていた。

「さあ、来い。くノ一ども」

影山はゆっくり剣を抜き放った。

恐ろしいほど長い刀だった。ふつうに使われる刀より、一尺（約三〇センチ）近く長いのではないか。これを振り回せるとしたら、よほどの力であるはずだった。いったん死んだ人間に、そんな力があるのだろうか。

「お前は、信長さまに書状を届けるのだろう。だが、それは見せかけ。飲めない条件を突きつけ、怒る信長さまを暗殺せよと言われて来たのだろう」

と、青蛾は言った。

「ほう。くノ一、よくわかったな」

「見てたのさ。お前らの茶会を。お前がだらしなく気を失って、松永が慌てるようすも」

青蛾は侮辱するように言った。

相手を怒らせ、冷静さを失わせる。くノ一の戦いのいろは。

「なんとでも言うがいい。おれはもう不死身だ。きさまらを倒し、信長を血祭りに上げるのみ」

影山は高らかに言った。

「そうはさせるか。信長さまには手は出させない。あたしがお守りする」

と、青蛾は言った。

——これまた母さんには似合わない、ずいぶん献身的な言葉……。

蛍はちらりと青蛾を見た。

青蛾がまずは試しにとばかり、手裏剣を放った。右手は上から、左手は下から、手裏剣が飛び出す。

八方手裏剣が途中で交差して、影山に突き刺さるはずが、
かきん、かきん。

つづけて弾き落とされた。

「つまらぬ技だな」

せせら笑って、影山は飛び込んできた。

長刀が大きく旋回してくる。凄まじい速さである。

斬られたら、どこもかしこも真っ二つになるだろう。
「うわっ」
怯えた声を上げ、青蛾は後ろに回りながら下がった。
青蛾を追う足を止めようと、蛍はわきから突いて出た。
すると、影山はいきなり踏みとどまり、刃を蛍に向けてきた。
びゅうん。
刃が唸りを上げるのである。蛍も後ろに飛びすさった。
とても近づけない。刀など合わせたら、粉々に砕かれるのではないか。
背後から石が飛んできた。入船が投げていた。
これを影山は刀で弾いた。
石は砕けたが、刃も傷ついたはずである。
石が立てつづけに飛んで来る。影山は苛立たしげに払う。
「蛍。あたしたちもやるよ」
「うん」
三方からつぶての攻撃。
さすがに除けきれないものも出てきて、顔や腕に命中する。そのつど、
ぐしゃり。

という嫌な音がした。

だが、影山自身はほとんど弱っていない。むしろ、石を投げつづけるこっちがくたびれてきた。

入船が肩で息をしているのがわかる。

入船のほうへ突進しないよう、蛍は何度も誘いをかけた。

「弓を！」

「わかった」

影山が青蛾や蛍と向き合う隙に、入船が矢を射る。それはほとんど外れなく、背中や後頭部に突き刺さった。

「倒れないのか」

すでに七、八本の矢が突き刺さっていても、影山が振るう剣に衰えはない。

「どうしよう、蛍？」

青蛾の声に焦りが滲んでいる。

「夜までなんとか長引かせて」

「なんかいいこと、あるのかい？」

「戦いやすくしてみるよ」

と、蛍は言った。

四

谷間は早々と暮れた。
やがて空に残っていた青も闇に消えた。
影山織部はまだ川原にいる。
というより、いさせている。動こうとすれば、行く手をはばみ、後ろで誘いをかけた。
そうやって、ずっと一対三の戦いがつづいている。
月は十八日になるはずだが、雲に隠れて見えていない。
真っ暗である。
音が頼りの戦いになっている。
ところが――。
異変が現われた。
影山の身体に青白く光る虫の蛍がとまりはじめたのである。
川原にいっぱいいる。その蛍が、影山に群がり出したのである。
「蛍。あれはどうしたんだい？」
「甘い水をあいつの身体にかけてやったんだよ」

「甘い水？」

「こんなこともあろうかと、竹筒の水に宗易さまにもらった砂糖菓子を溶いておいたのさ」

「そりゃあ、お手柄だったね」

青蛾がめずらしく褒めた。

影山は青い光の衣をまとっている。

向こうは丸見え。こっちは見えていない。

「だが、見えてるだけじゃ駄目だね」

「どうやって倒そう？」

そこへ、入船が寄って来て、

「あいつは、もう死んでいるはずなのに、心だけが妄執のようになって生きているのだ」

と、言った。

「だったらどうしたらいいの？」

蛍が訊いた。

「心は胸に宿ると思われている。だが、違う。心は頭の中。脳みそに宿っているのだ」

「頭を狙うのね」

「切り離してみてくれ」

「わかった」

青蛾と蛍がそっと近づく。

影山はまったく見えていないはずである。

青蛾がわざと気配を発しながら、影山の右手を駆ける。

同時に、気配を消した蛍が、影山の右手から首に斬りつけた。

だが、斬り込みは浅い。

少女の剣が優しさを捨て切れない。

「あたしが」

と、青蛾が役目を代わる。

蛍が気配を発しながら駆け、青蛾が斬る。

両手を使い、薪でも割るみたいに斬る。ざっくりと斬った。

首が胴からずれた。

「まだ、落ちないね。蛍、もう一度」

夜でよかった。青く光らせておいたのもよかった。首の生々しさが薄らいでいる。

昼間だったら、とてもじゃないが、正視に耐えない。

蛍が身を低くして、影山の足元を駆け抜ける。

影山の首がうつむきかけた。そこを青蛾の剣が走った。

ごろり。

と、首が落ちた。

「やったね」

青蛾はそう言って、まだ立ち尽くしている影山の胴体を、朽ちた杭でも倒すように、平然と蹴り倒した。

――こんな女にはなりたくない。

と、蛍は思った。

五

だが、戦いはまだ終わってはいなかった。

「これで勝ったと思うなよ」

生首がしゃべっていた。

「え、嘘」

衝撃で、青蛾の腰が砕けそうになった。

死霊はしぶとかった。

蛍の光でまだかすかに青く光っているのが、なおさら不気味だった。

「もう勘弁してよ」

蛍が耳をふさいだ。

「蛍、しっかりしろ。もうあとすこしなんだ」

入船が激励した。

「ふっふっふ。おれは未来永劫死なないのだ。さっさとおれの家臣になっておけ。ほら、おれの身体をこっちに持って来い」

生首は偉そうに言った。

生首のほうはごろごろと転がり、胴体は青蛾が反対側へ蹴倒していたので、首と胴体は二間（約三・六メートル）近く離れていた。

よく見ると、胴体の指先がぴくぴく動いているのがわかった。

本当にこいつはけっして死なないのか。

「いいから、お前が取って来い」

と、入船が生首に向かって言った。

「首と身体がつながらないと思ってるのか。生憎《あいにく》だな。いまは身体が疲れ切っているが、まもなく身体のほうから動き出すのだ。だから、さっさとおれの言うことを聞け」

生首は自信満々の口ぶりで言った。

「そうなのかね？」

青蛾が不安そうに訊いた。

「いや、あいつ、焦ってるよ」

蛍が小声で言った。自信満々の口ぶりは虚勢だった。てんとう虫が死んだふりをするように、団子虫が驚いて丸くなるように、生首は虚勢を張っていた。

「蛍の言うとおりだ。身体が動くことができても、目も耳も鼻もない。頭を捜すことができないんだ」

入船は小声でそう言ってから、

「よし。身体は埋めちまおう」

小柄《こづか》を使って川原に穴を掘り始めた。

「あっはっは、無駄なことだぞ」

「だったら、頭のほうを埋めようよ」

と、蛍が言った。

「小娘。余計なことを言うと、つながったとき、お前を最初に手込めにしてやるからな」

生首が言った。明らかに慌てた口ぶりである。

「いや、頭は出しておいて、死ぬのをたしかめてからだ」

入船が言った。

「わかった」

蛍と青蛾も穴掘りを手伝い、できた穴に身体を埋めた。すでに虫の蛍は皆、どこかに消えていた。

「わからないやつらだな。おれは未来永劫……」

「未来永劫はない」

と、入船はきっぱりと言った。

「なんだと？」

「万物は流転《るてん》する。かたちをとどめつづけるなどということはあり得ないのだ。それは人でも化けものでも同じだ」

「まあ、言っておれ」

そう言った生首に、黒っぽい虫が飛んで来て止まった。

「あ、来た」

蛍の顔が輝いた。

「なに？」

入船が訊いた。

「シデムシだよ。獣の死骸などにたかって喰い尽くしてしまうんだ。シデムシたちが来てくれたら、もう、こいつも終わりだよ」

「なんだと。うわっ、この虫をなんとかしろ。気持ち悪い。こいつめ。あっちへ行け」

生首が目をぎょろぎょろさせながら喚いた。

だが、いくら喚いても、シデムシはどんどん集まってくる。

さらにハエもやって来た。

「うわぁ。勘弁してくれ！」

ついに生首の声は絶叫に変わっていた。

焚火を大きくし、影山の生首はそこで焼いた。

しばらく髪や肉が焼ける嫌な臭いがしていたが、まもなくそれもなくなった。

「昔から、敵の首を切り離すのは、こういうことがあったからかもしれないな」

と、入船は言った。

「それにしても、母さんの戦いっぷり、凄かったね」

蛍が言った。どことなく皮肉めいた調子がある。

「そう？」

「信長さまは殺させないって」

「え？」

「伊賀の忍びがそこまで思うかね」

蛍の胸に、なにか違和感のようなものが宿ったのだ。

「お黙り」

青蛾は蛍を睨みつけた。

「さあ、ここで一眠りしたら、安土に行かなくちゃ」

青蛾は焚火の近くに横になった。

「わたしも一度、報告しなければなるまいな」

入船も言い、

「蛍はどうする？」

と、訊いた。

「堺に行き、宗易《そうえき》さまと相談します。わたしの雇い主だもの」

と、蛍は答えた。富蔵《とみぞう》のようすも見に行かなければならない。

「あんた、伊賀には帰らないのかい？」

青蛾が訊いた。

「伊賀の家は、もうないも同然じゃないか」

蛍はそう言って、頭上を見上げた。

流星がゆっくり夜空を横切って行った。

六

翌日——。

入船丈八郎は、あるじの明智光秀に報告していた。

光秀はいま、石山本願寺勢と結んだ紀州の雑賀衆《さいかしゅう》攻めを担当させられているが、安土とのあいだもまめに往復している。

「なに、松永が謀反だと？」

いったんは目を瞠ったが、

「まあ、あの男ならやりかねないわな」

すぐに納得した。

もともと光秀はあまり驚かない。冷静な男なのである。

「すでに信長さまにも報告されているでしょう」

「信長さまも驚きはすまい。ただ、本願寺攻めには多少影響が及ぶだろうな」

軽く眉をひそめた。

それから入船は、明智に信貴山城の異変について語った。

「死霊の兵とな」

さすがに顔は強張った。

だが、敵わないわけではない。手こずったが、くノ一たちは戦って勝利しているのだ。

「じつは、そなたがおらぬとき、わしを南蛮人が訪ねて来た」

「なんという南蛮人です？」

「レオ・コペルニクスといった」

「ああ」

「知っているのか？」

「堺で名を聞いていました。若いが、優秀な学者らしいです。わたしもじつは会いたいと思っていました」

「うむ。わしもそなたと会わせたいと思って、そなたの名は伝えておいた」

「ありがとうございます」

「ただ、不気味なことを言っていたぞ」

「なんと？」

「この国はとんでもないものに犯されるかもしれぬと」

「殿。それが死霊のことなのでは？」

「そうかもしれぬ。それと、コペルニクスは人を捜していた」

「はい。なんとかというバテレンでございましょう」

「うむ。安土にはいないと言うと、立ち去ってしまった」

「お会いしておるまい。信長さまとは？」

「そうでしたか」

信長さまはいま、京都におられる」

信長とは会いたかったのではないだろうか。

では、コペルニクスは安土を出て、京に向かったのか。

「殿。わたしはこれから、どうすればよろしいでしょう？」

と、入船は訊いた。

とりあえず一度、青蛾とともに信貴山城の城下にもどるつもりだが、光秀の命令や青蛾に下される命令によっては、どうなるかわからない。

「その死霊の話は気になるな」

「はい」

「わしも、南蛮からどうもよからぬものが入った気はしていたのだ。ひきつづき、それを探ってみてくれ」

「わかりました」

今度は、もうすこし多めの荷物を持って、引き返すつもりだった。

七

青蛾は信長に会えずじまいだった。

近習《きんじゅう》の者によれば、松永久秀の謀反についても、報告は入っているらしい。

ただ、信長はすでに松永を怪しんでいた。報告を聞いても、まったく動揺はなかったらしい。

――さすが。

と、青蛾は感心した。

さらに、

「次は、筒井順慶《つついじゅんけい》を探れ」

という命令が残されていた。

「筒井順慶を？」

「うむ。筒井にも不審な気配があるらしい」

「わかりました」

青蛾が去ろうとしたとき、

「頼んだぞ」

と、近習の者がわざわざ声をかけた。

「信長さまは、そなたをことのほか頼りにしているらしいのでな」

「え?」

「……」

黙って頭を下げた。

だが、青蛾の胸には、喜びが溢れ出していた。

青蛾が信長のために働くのは、今回が初めてではない。

──もう十七年ほど前になるのではないか。

青蛾がくノ一として働き出したころ。

織田信長はあのとき、尾張の清洲城で、迫りつつある今川義元《いまがわよしもと》の大軍を迎え討とうとしていたのだ。

後に〈桶狭間《おけはざま》の合戦〉と語り伝えられるあの戦いの前の奇妙な日々を、青蛾はついこのあいだのことのように思い出していた。

八

そのころ──。

蛍は、堺の千《せん》宗易の家にやって来ていた。

ちょうど客が来ていて、宗易は茶室にいるという。

蛍は茶室の近くで、茶会が終わるのを待った。宗易の茶はそんなに長くないらしい。

やがて、にじり口から客が出て来た。

女の客だった。

それも、絶世と言えるくらいきれいな人だった。

青蛾もたしかに美人だと思うが、この人はあんなに色っぽさをまき散らしていない。涼しげで、清らかそうだった。

ただ、歳はもう三十くらいになっているかもしれない。それでも、この人の美しさは若さなどを超越していた。

女の客が細い路地を歩いて来ると、後から茶室を出てきた宗易が、

「お市《いち》さま」

と、呼んだ。

「はい」

「昨日、入荷した砂糖があります。いま、お包みしますので」

「まあ、ありがとうございます」

そう言って、母屋のほうへ入って行った。

まもなく、宗易が裏庭のほうへ顔を見せると、

「もどったのか？」

と、蛍に声をかけてきた。

「はい。松永久秀の話はなにかお聞きでしょうか？」

「ああ。天王寺砦を引き払ったらしいな」

「ご存じでしたか」

一昨日のことである。それがもう、宗易の耳には届いているのである。

「堺の商人は地獄耳」

との評判は、本当のことらしい。

「松永は信長さまに謀反を起こしたのだろうな」

「はい。天王寺砦から信貴山城へ帰って来ました。城下の者や家臣にも戦だと告げ、籠城の用意に入っています」

「うむ」

「しかも、あの城には化けもののような兵がうようよいます」

「化けもの？」

「死人のようです」

「死人のような兵とは？」

「死を恐れません」

「では、そなたの父と同じか？」

「違うと思います。あの兵士たちには、ほとんど心がありません。ただ、戦うだけ。父には……」

父を化けものとは言いたくない。

それに富蔵には、自分の意志が残っている。「おれを殺せ」と言った。「おれがおれでなくなっていく」とも言った。

——わたしのことも、母のこともわかっている。

ただ、影山織部は生首になっても意志を持っていた。それこそ化けものではないか。

「なるほどな」

と、宗易はうなずき、同情の目で蛍を見た。

だが、同情などされたくない。

「松永の茶には、阿芙蓉が入っています」

「やはり」

「それで兵士たちを操っているのかもしれません」

「なるほど」

「ただ、それだけではないみたいです」

「阿芙蓉以外にもあるということか？」

「はい。特別な茶が。松永はそれをこれぞという者に飲ませるのです。それが、人を奇妙な身体に変えてしまいます」

「その正体はまだわからぬのだな？」

「はい。また、信貴山城に潜入することになると思いますが」

そう言って、宗易の元を去ろうとすると、

「待て。茶室のことを聞かせてくれ。今度も高楼の茶室だったのか？」

と、訊かれた。

この男はやはり、茶の湯のことがいちばん気になるのだろう。

「あ、違いました」

「ほかの茶室はどんなふうだった？」

「天王寺砦にはもう一つ、一畳の茶室をつくっていたそうです」

「一畳の茶室とな」

「それは男女の秘めごとのための茶室だそうです」

「茶室に男女のことを……」

宗易は、汚らわしいものでも見たように、顔をしかめた。

「それから信貴山城の茶室は、風の茶室でした」

「風の茶室？」

「山の頂上の天守閣にあるため、四畳半の中を風が通って行きます。風に吹かれながら、松永は死と戯れるのだそうです」

「なんと」

宗易はまたも松永の茶に打ちのめされたようだった。


蛍は宗易の家を出ると、町外れの納屋にいる富蔵を見舞った。いつまでもここに置いておくわけにはいかないだろう。

やはり、伊賀に連れ帰るしかないのか。

堺の町に入ったところで売っていた団子を買って来ていた。

これを富蔵の前に置き、

「父さんが好きだったやつだよ」

と、やさしく言った。

富蔵は横になっていて、団子をちらりと見た。

あまり食べたそうでもない。だが、日に二度届けられる飯は、ほんのすこしだけ口にするらしい。

飯を届けてくれることになった宗易のところの下働きの女は、

「ほんとに一口食うかどうかだね。それで足りているみたいだ」

と、言っていた。

この団子も、一口だけでも食べてくれるといい。

「じゃあね、父さん。また、来るよ。父さんの病、わたしが治してあげるからね」

蛍はそう言って、立ち去ろうとした。

そのとき、

「蛍……」

富蔵が呼んだ。

「なに、父さん？」

「お前、あの、松永と戦うのか。怖いだろうに」

優しい声だった。ついこのあいだまでの、元気だったときのような。

「怖くたって、戦うよ」

「お前みたいに若い娘がな」

ひどく心配そうな声だった。

ほんとにそうだよ。わたしだって着飾って、のんびり町を歩きたいよ。まだ十六の娘だよ。

だが、蛍は微笑みながらうなずき、裏山にきのこでも採りに行くような調子で言った。

「だって、戦わなきゃ、生きていけないからね」

この小説は当文庫のための書き下ろしです。

編集協力・メディアプレス

文春文庫

死《し》霊《りよう》大《だい》名《みよう》

くノ一《いち》秘《ひ》録《ろく》1

定価はカバーに
表示してあります

2014年10月10日　第1刷

著　者　風《かぜ》野《の》真《ま》知《ち》雄《お》

発行者　羽鳥好之

発行所　株式会社　文藝春秋

東京都千代田区紀尾井町 3-23　〒102-8008
TEL 03・3265・1211
文藝春秋ホームページ　http://www.bunshun.co.jp

落丁、乱丁本は、お手数ですが小社製作部宛お送り下さい。送料小社負担でお取替致します。

印刷・凸版印刷　製本・加藤製本

Printed in Japan
ISBN978-4-16-790200-1

文春文庫　書きおろし時代小説

（　）内は解説者。品切の節はご容赦下さい。

井川香四郎
月を鏡に
樽屋三四郎　言上帳

借金を返せない武士が連れて行かれたのは寺子屋。「子どもを教えろ」という貸主の背後には陰謀が渦巻いていた。樽屋には今日も江戸中から揉め事が持ち込まれる。三四郎シリーズ第4弾。

い-79-4

井川香四郎
福むすめ
樽屋三四郎　言上帳

貧乏にあえぐ親が双子の姉妹の姉だけ吉原に売った。長じて再会した時、姉は盗賊の情婦だった。「吉原はつぶすべきです！」庶民の幸せのため奉行に訴える三四郎。熱いシリーズ第5弾。

い-79-5

井川香四郎
ぼうふら人生
樽屋三四郎　言上帳

川に大量の油が流れ出た！　大打撃を受けた漁師たちが日本橋の樽屋屋敷に押しかけた。被害を抑えようと、率先して走り回る三四郎だったが、そんな時——男前シリーズ第6弾。

い-79-6

井川香四郎
片棒
樽屋三四郎　言上帳

富籤で千両を当てた興奮で心臓が止まった金物屋。死体を運ぶことになった駕籠かきの二人組は事件に巻き込まれる。金のために人を殺めるのは誰だ？　正念場のシリーズ第7弾。

い-79-7

井川香四郎
雀のなみだ
樽屋三四郎　言上帳

銅吹所からたれ流される鉱毒に汚された町で体調不良に苦しむ町人。「こんな雀の涙みたいな金で故郷を捨てろというのか！」大規模な問題に立ち向かう三四郎。シリーズ第8弾。

い-79-8

井川香四郎
夢が疾《はし》る
樽屋三四郎　言上帳

落語家の夫に絶望して家出した女房の前に、役者のようなイケメンが現れる。「目の前の人を救うことから社会は良くなる」信念を持つ三四郎は夫婦のために奔走する。シリーズ第9弾。

い-79-9

井川香四郎
長屋の若君
樽屋三四郎　言上帳

深川の長屋に、「若」と呼ばれ住人に可愛がられる利発な少年が住んでいる。しかし彼を手習い所で教える佳乃には気がかりなことが。子供が幸せに育つ町を作る！　シリーズ第10弾。

い-79-10

（　）内は解説者。品切の節はご容赦下さい。

井川香四郎
かっぱ夫婦
樽屋三四郎　言上帳
ガラクタさえも預かる質屋を営み、店子の暮しを支える長屋の大家夫婦。だが悪徳高利貸しが立ち退きを迫り——。敢然と立ち上がった三四郎の痛快なる活躍を描く、シリーズ第11弾。
い-79-11

風野真知雄
耳袋秘帖
妖談うしろ猫
名奉行根岸肥前守のもとに、伝次郎が殺されたとの知らせが入る。下手人と目される男は「かのち」の書き置きを残して、失踪していた。江戸の怪を解き明かす新「耳袋秘帖」シリーズ第一巻。
か-46-1

風野真知雄
耳袋秘帖
妖談かみそり尼
高田馬場の竹林の奥に棲む評判の美人尼に相談に来ていたという女好きの若旦那が、庵の近くで死体で発見された。はたして尼の正体とは。根岸肥前守が活躍する、新「耳袋秘帖」第二巻。
か-46-2

風野真知雄
耳袋秘帖
妖談しにん橋
「四人で渡ると、その中で影の消えたひとりが死ぬ」という「しにん橋」の噂と、その裏にうごめく巨悪の正体を、赤鬼奉行・根岸肥前守が解き明かす。新「耳袋秘帖」シリーズ第三巻。
か-46-3

風野真知雄
耳袋秘帖
妖談さかさ仏
処刑寸前、仲間の手引きで牢破りに成功した盗人・仏像庄右衛門は、下見に忍び込んだ麻布の寺で、仏像をさかさにして拝む不思議な僧形の大男と遭遇する——。新「耳袋秘帖」第四巻。
か-46-4

風野真知雄
耳袋秘帖
妖談へらへら月
年の瀬の江戸で、「そろそろ、月が笑う」と言い残して、人がいなくなる「神隠し」が頻発し、その陰に「闇の者」たちと幕閣の危険な動きが……。「妖談」シリーズ第五巻。
か-46-11

風野真知雄
耳袋秘帖
妖談ひときり傘
雨の中あでやかな傘が舞うと人が死ぬ——。毛の雨が降り、川が血の色に染まる江戸の〝天変地異〟と連続殺人事件の謎に根岸肥前が迫る！　「妖談」シリーズ第六巻。
か-46-20

（　）内は解説者。品切の節はご容赦下さい。

風野真知雄
耳袋秘帖
妖談うつろ舟

江戸版UFO遭遇事件と目される「うつろ舟」伝説。深川の白蛇、幽霊を食った男……。怪奇が入り乱れる中、闇の者とさんじゅあんの謎を根岸肥前守はついに解き明かすのか？　堂々完結篇。

か-46-23

風野真知雄
耳袋秘帖
赤鬼奉行根岸肥前

奇談を集めた随筆『耳袋』の著者で、御家人から南町奉行へと異例の昇進を遂げた根岸肥前守鎮衛が、江戸に起きた奇怪な事件の謎を解き明かす。「殺人事件」シリーズ最初の事件。（縄田一男）

か-46-7

風野真知雄
耳袋秘帖
八丁堀同心殺人事件

組屋敷がある八丁堀で、続けて同心が殺される。死んだ者たちは、かつての田沼派だった。奉行の沽券に係わるお膝元での殺しに、根岸はどうするか。「殺人事件」シリーズ第二弾。

か-46-8

風野真知雄
耳袋秘帖
浅草妖刀殺人事件

奉行所の中間・与之吉は、凶悪な盗人「おたすけ兄弟」が、神社の境内に大金を隠すところを目撃、その金を病気の娘のために使い込んでしまうが……。「殺人事件」シリーズ第三弾。

か-46-9

風野真知雄
耳袋秘帖
深川芸者殺人事件

根岸の恋人で深川一の売れっ子芸者力丸が、茶屋から忽然と姿を消し、後輩の芸者も殺されて深川の花街は戦々恐々。はたして力丸の身に何が起きたのか？　「殺人事件」シリーズ第四弾。

か-46-10

風野真知雄
耳袋秘帖
谷中黒猫殺人事件

美人姉妹が住む谷中の〝猫屋敷〟で殺しが起きた。以前、姉妹が遭遇し、火付盗賊改の長谷川平蔵が処理した押し込みの一件との関わりとは？　「殺人事件」シリーズ第五弾。

か-46-13

風野真知雄
耳袋秘帖
両国大相撲殺人事件

有望だった若手力士が、鉄砲、かんぬき、張り手で殺された。それらは、江戸相撲最強力士の呼び声が高いあの雷電の得意技だった……。「殺人事件」シリーズ第六弾。

か-46-14

（　）内は解説者。品切の節はご容赦下さい。

指方恭一郎
江戸の仇《かたき》
長崎奉行所秘録　伊立重蔵事件帖

長崎開港以来初めてとなる「武芸仕合」の開催が決まった。重蔵も腕を見込まれてエントリー。阿蘭陀人、唐人、さらには江戸で因縁の男まで現れて……。書き下ろしシリーズ第五弾！

さ-54-5

指方恭一郎
フェートン号別件
長崎奉行所秘録　伊立重蔵事件帖

出島に数年ぶりの外国船がやってきた。阿蘭陀船かと喜んだ長崎の街は、イギリス船だと知り仰天する。重蔵は仲間を総動員して街の防衛に立ち上がるが……。人気シリーズ完結編。

さ-54-6

祐光　正
灘酒はひとのためならず
ものぐさ次郎酔狂日記

剣一筋の生真面目な男・三枝恭次郎は、遠山金四郎から、隠密として市井に紛れ込むために「遊び人となれ」と命じられる。遊楽と剣戟の響きで綴られた酔狂日記。第一弾は酒がらみ！

す-18-1

祐光　正
思い立ったが吉原
ものぐさ次郎酔狂日記

ひょんなことから恭次郎は御高祖頭巾の女と一夜を共にする。江戸で噂の、男漁りをする姫君らしいが、相手の男は多くが殺されていた。媚薬の出所を手づるに、事件を調べる恭次郎。

す-18-2

祐光　正
地獄の札も賭け放題
ものぐさ次郎酔狂日記

金貸し婆さん殺しの探索で、賭場に潜入した恭次郎。宿敵の凄腕浪人・不知火が、百両よこせば下手人を教えると言うのだが。きまじめ隠密の道楽修行、第三弾のテーマはばくち。

す-18-3

鳥羽　亮
鬼彦組
八丁堀吟味帳

北町奉行同心の惨殺屍体が発見された。入水自殺にみせかけた殺人事件を捜査しているうちに、消されたらしい。同奉行所吟味方与力・彦坂新十郎と仲間の同心たちは奮い立つ！

と-26-1

鳥羽　亮
謀殺
八丁堀吟味帳「鬼彦組」

呉服屋「福田屋」の手代が殺された。さらに数日後、今度は番頭らが辻斬りに。尋常ならぬ事態に北町奉行吟味方与力・彦坂新十郎の率いる精鋭同心衆「鬼彦組」が捜査に乗り出した。

と-26-2